문학과지성 시인선 66

사랑의 탐구

이승하 시집

문학과지성사

문학과지성사에서 펴낸 이승하의 시집

생명에서 물건으로(1995)

문학과지성 시인선 66
사랑의 탐구

초판 1쇄 발행 1987년 10월 5일
초판 3쇄 발행 1991년 10월 30일
재판 1쇄 발행 1994년 8월 20일
재판 3쇄 발행 2019년 8월 2일

지 은 이 이승하
펴 낸 이 이광호
펴 낸 곳 ㈜**문학과지성사**
등록번호 제1993-000098호
주   소 04034 서울 마포구 잔다리로7길 18(서교동 377-20)
전   화 02)338-7224
팩   스 02)323-4180(편집) 02)338-7221(영업)
전자우편 moonji@moonji.com
홈페이지 www.moonji.com

ⓒ 이승하, 1987, 1994. Printed in Seoul, Korea

ISBN 978-89-320-0325-2 03810

문학과지성 시인선 66

사랑의 탐구

이승하

시인의 말

사물을 투시하여 사상이 떠오르고
사상이 무르익어 말이 넘치고
말이 걸러져 시가 되고
시가 사람을 만나 노래가 된다면…… 좋겠다.

1987년 9월
이승하

사랑의 탐구

차례

시인의 말

I

開花期

내 이제사 괴로워한들
피지 않는 꽃들의 아픔을
슬퍼한들 아직도 빛이 없어
오오랜 침묵의 나날을 견뎌야 할
꽃들이 이 땅 어디에나 있음을
생각한들 봄 들판 제각기
자랑스럽게 화알짝 피어날 때
비로소 몸져눕는 이름없는 목숨들
한 순간의 아름다움을 내세우기보다
스스로의 깊은 침묵으로 잠기는
더 아름다운 인내가 가까이 있음을
부끄러워한들 아직 눈뜨지 않은
비바람 속에서도 잎 떨구며, 잎 떨구며
꺾이지 않고 일어설 날 기다리는
꽃들의 의미를 아아 부끄러워한들.

집짓기

비어 있는 들판에
돌을 실어 나른다
오래 가꾸어온
몇 조각 꿈도 모아 나른다
갈 데 없던 시절의
공연한 헛기침들
피붙이 같은 材木에게
이제는 체온도 전하여본다

널빤지를 딛고 올라서면
세상의 한쪽은 내 것이 될까
여백의 하늘이 곁에 와 설까
한없이 무거워져갈
동시대인의 작업복
내가 띄운 먹줄은
누구의 줄에 가 닿을 건지……

바닥에서부터 차곡차곡
쌓아올리면 너도 쉴 수 있는 곳

창을 내리라 아침 알리는 사랑의 빛
보잘것없는 이 터전에도
제 나름의 의미를 부여해야지
그러나 언젠가는
무너진다 무너져내려
먼지가 될 나와 우리와
모두의 험한 생계

비어 있는 들판에
다시 기둥을 세운다
먼발치에서 흘긋 보면
조붓하고 허약한 공간이지만
시멘트 반죽마다 들이는 구슬땀,
또 한 번의 진통을
기억하기 위하여.

畵家 뭉크와 함께

어디서 우 울음 소리가 드 들려
겨 겨 견딜 수가 없어 나 난 말야
토 토하고 싶어 울음 소리가
끄 끊어질 듯 끄 끊이지 않고
드 들려와

야 양팔을 벌리고 과 과녁에 서 있는
그런 부 불안의 생김새들
우우 그런 치욕적인
과 광경을 보면 소 소름 끼쳐
다 다 달아나고 싶어

도 同化야 도 童話의 세계야
저놈의 소리 저 우 울음 소리
세 세기말의 배후에서 무 무수한 학살극
바 발이 잘 떼어지지 않아 그런데
자 자백하라구? 내가 무얼 어쨌기에

소 소름 끼쳐 터 텅 빈 도시

아니 우 웃는 소리야 끝내는
끝내는 미 미쳐버릴지 모른다
우우 보트 피플이여 텅 빈 세계여
나는 부 부 부인할 것이다.

낙향

대로는 나아가도 신기루뿐이었다
술잔을 들자 다시 찾은 이 뜨락엔
은하수 넘실거려 적적하지 않구나

땅에서 태어나 땅에 묻히는
사람들의 가슴은 薄土였더라
지난날은 아무것도 기억지 않더구나

어느 도시의 문턱에서 또 새 한 마리
마지막 숨을 몰아쉬고 있을까 자
술잔을 들자 마셔도 안개, 뿌연 안개뿐

집 없이 떠나는 사람을 위해 새벽 열차는 달리는지
농약 치던 이웃 할배의 장탄식이 들려온다
모르는 사이, 불알친구 사라져 더운 눈시울

누군가를 기다림으로 헐벗어가고 무덤이 되고
수도 없는 달이 앙금이 되어 맘속에 잠기고
허기진 길짐승이 되어 내 이렇게 돌아왔다.

국어 시간
── 농아 학교에서

출석부를 펼치면
너희들의 이름은 거부되어 있다
머뭇거리며 다가오는 눈동자들
창문 밖에는 함박눈이 내리고
허리 꺾인 꿈들이 옹기종기
떨고 있는 교실의 뒷벽
아는 것이 힘
국어 사랑 나라 사랑
모두 고개를 들고 여길 봐요
아 에 이 오 우
따라해보세요
우 우 우 우 우
창문 밖의 눈은 소리없이 내리고
너희들의 숱한 외침은
묻히고 있다
급훈: 성실·사랑
작은 아픔들이 쌓이고 쌓여
침묵의 커다란 벽이 되고 있다.

사랑의 탐구

나는 무작정 사랑할 것이다
죽어버리고 싶을 때가 있을지라도
사랑이란 말의 위대함과
사랑이란 말의 처절함을
속속들이 깨닫지 못했기에
나는 한사코 생을 사랑할 것이다
포주이신 어머니, 당신의 아들
나이 어언 스물이 되었건만

사랑은 늘 5악장일까 아니 女湯
꿈속에 그리는 그리운 고향 그 고향의
안개와도 같은 살갗일까 술 취한 누나의
타진 스타킹지 음담패설 속에서만
한결 자유스러워질 수 있었고 누군가를
죽여버리고 싶을 땐 목청껏 노래불렀다
방천 둑길에서 기타를 오래 퉁기고
왠지 부끄러워 밤 깊어 돌아왔더랬지
배다른 동생아 너라도 기억해다오
큰 손 작은 손 손가락질 속에서 나는

자랐다 길모퉁이 겁먹은 눈빛은 바로 나다

사랑은 그 집 앞까지 따라가는 것일까
세월처럼 머무르지 않는 것일까 낯선 누나가
흘러 들어오는 것이지 젓가락 장단에 잠 설치지만
사랑이란 다름아닌 침묵하는 것 부드럽게
어루만져주는 것 쓰다듬어주면서
네가 하는 말을 다 이해한다고
고개 끄덕여주는 것.

들녘의 아낙네

호미를 들고
고모님은 오늘도 나가시었다

반도의 남쪽에 다시 봄 찾아와
고모님, 무슨 씨를 뿌리시게요
새 생명을 들녘에 분만하게요

"그놈들은 다 이국서 죽었다."
월남전서 큰형 전사
중동 공사장서 작은형 사고사
고모님 아들 없이 홀로 늙어
풋풋한 봄나물이나 키우시는지요

호미를 들고
고모님은 오늘도 나가시었다

반도의 남쪽에 한번 더 봄 왔는데
고모님 아지랑이만 오래오래 바라보신다
흰 치마 같은 구름이 떠도는 들녘에서.

가슴에 못

누구의 가슴엔들 박힌 못이 없으랴
이 풍진 세상에 너는 가고 나는 남아
술만 들어가면 팔자 타령이다
해거름이면 네 생각에 목메어도
이제는 눈물도 나오지를 않는구나
에미 노릇 변변히 해보지 못하고

네 애비 닮은 그 큰 두 눈망울
차라리 낳지나 말았더라면,
첩첩한 지리산 그날 재 너머로
하늘은 피 줄줄 흘리며 내려앉고
내가 보는 앞에서
너는 죽창에 찍힌 채로.

대한해협을 넘어

아들아, 한번은 가자
내 살아 다시 그 땅 밟지 않는다면
죽어도 하늘에 이르지 못하리니
죽어서야 뵈올 분들 뵙지 못하리니

일일이 다 말할 수는 없다
조센징이라고 받아온 수모는 어쨌거나
배고팠고, 외로웠고, 고달팠던 시절을
가자, 헐벗은 마음이라도 깁기 위하여

내 죽더라도 절대 잊지 말아라
서럽게 살아온 나의 50년보다
숨어서 앓아온 네 삼촌의 40년이
길어도 몇 갑절은 더 길었다

아들아, 병 깊은 삼촌을 등에 업고라도
기필코 가자, 둘로 찢긴 내 나라
그날 나는 버섯구름 보지 못했으나
痛恨으로 저 바다 아직 울부짖는데.

소록도

鹿洞 맑은 바닷물에
비춰봐도 씻어봐도
봄바람 다시 불면
더 깊은 가슴앓이
수척한 네 얼굴에도
분홍 벚꽃 피어나

부여잡고 울었지
너를 안고 잠이 들면
꿈속에도 鄕愁인가
뭍으로만 손 뻗치고
누군들 안 그리우랴
파도 치는 한 생애여

가꿔온 삶의 텃밭
소망이 물오르듯
풀잎처럼 일어서서
언젠가는 돌아가리
내 작은 이승의 터전
마련되는 날이 오면.

투병기

첫째날

견딜 수 없는 고통의 끝에서
내 뜨겁게 만나리
낮과 밤의 겹겹이
혼수에 잠긴 이 후미진
병실에서 내 응시하리
자정이 지나 커튼을 젖히면
자전과 공전을 되풀이하며
꿈꾸는 이유로 죽어가는 하나의 별
내 지금 살아 있네 살아 있어
更生이란 미지의 기적을 맞이하리.

둘째날

만물은 순환하거니
안으로 오열하는 그대
눈을 떠 또 귀기울여
언제나 다시 비롯되어
혁명의 아침 일으키는
겨울 바다의 숨찬 세력들을 보아

쏠리어갔다 밀리어오는
부유 생물들, 그 원형질 낱낱의
태양을 향한 송가에
귀기울여 울음 그만 그쳐.

셋째날

몸져누운 지상의 꿈들
시계바늘 셋만 또렷이 눈뜬다
언젠가는 두고 떠나야 할 숱한 그리움
오랜 잠이 도래할 때까지는
견뎌야 한다 견뎌야 한다
체념과 환멸이란 두 명사를.

넷째날

타오를 것인가, 가장 찬란한 밤은
가장 암울한 밤의 뒤켠에서
번뜩일 것인가, 내면에서 부활할 빛
온전한 수족으로도 이제껏
겉과 속 분간치 못했거늘

깨닫게 될 것인가, 서러운 육체의 한쪽
어스름 새벽의 부축받고 일어나
한번은 대면하게 될 것인가, 진정한 자신을
진정한 자신의 뒷모습을.

다섯째날

살아온 시간의 碑文을 읽었네
점자를 더듬듯 하나하나 쓸어보면
더 아름다운 사물의 본성
새로이 봉분이 만들어져도
어둠 속에 눈뜨는 따스한 자궁
따스한 속살을 베고 있는
메스의 선연한 섬광을 보았네
창밖에는 비바람, 숱한 기억들이
무채색으로 얼룩지고 있었으나
살아갈 시간의 처방전을 찬찬히
내가 읽었네.

구혼

같이 한번 살자꾸나
반벙어리 너랑
곱사등이 나랑

같이 한번 살자꾸나
붙일 데 없는 너랑
얹힌 데 없는 나랑

같이 한번 살자꾸나
다리 저는 너랑
만기 출옥 나랑

같이 한번 살자꾸나
십 년 문둥이 니캉
오 년 문둥이 내캉

데스 마스크

여기 위대했던 한 생애의 마침표가 있습니다

눈동자도 없이 그는 나를
노려보고 있습니다 나도 따라 그를
노려봅니다 고뇌에 찬 그 얼굴을

외부로부터 오래 고통받은 이는
스스로를 줄기차게 학대해온 이는
받은 것 없어도 늘 베푸는 이는
작은 우주를 창조해놓습니다
작은 우주는 결코 작은 것이 아닙니다
그것은 그가 '만든' 우주이기 때문입니다

'만든' 우주는 완성된 것은 아닙니다
저당잡힌 그의 삶은 끝내
미완의 캔버스
미완의 악보
미완의 원고지
아 10년만 더 생존했더라도

아니 단 얼마큼이라도

이제 침묵만이 그를 자유롭게 할 것입니다.

詩論

오래 앓다 죽어야 한다

그저 막막하여 마구 베어버리고 싶을 때
붙들어 지킬 것 하나 없어 눈물 채 나오지 않을 때
뚫어지게 뚫어지게 어둠을 바라보면
살아서 다가오는 무리가 있다
싸워라 형체여 움직여라 빛나는 말의

관성과 가속도와 반작용

북 치고 나팔 부는 사람 없어도
싸우는 동안은 잊을 수 있다
잊지 말아야 한다
길은 가다가 언젠가는 끊기고
놀이의 끝은 평화로운 잠이려니
영원한 것을 어디에서 찾을 수 있으랴

이승과 저승이 갈리는 순간
까지 이루어야 한다

이루었으나 다 부서지게 마련인 것
돌보지 않아 묻히게 마련인 것
끊길 수 있는 길
진흙길을 엉금엉금 기어서라도
앓다가 앓다가 이 몸

곧 죽어도.

설산

숨쉬고 있을 게다 스스로 살아 있는
이 설산, 올라가서 내려오지 않는
벗, 그대의 타오르던 두 눈
검푸른 샐녘의 하늘을 응시하고 있을 게다

만났다 목타는 태고의 바람과
종횡으로 질주하는 눈보라의 난무를
가학의 엄청난 힘으로 불어닥치는
더 강한 바람 더 참혹한 눈보라를
나는 원했다 한사코
안주하기를 거부하는 자연의 힘 앞에서
내가 확인한 태초부터의 생명
사랑을 가능하게 하는 모든
생명의 소리, 숨소리, 고동 소리, 먼 산울림

참으로 신선한 갈등을
암벽은 침묵으로 가르쳐준다
나는 그의 가슴에 하켄을 박으며
깨닫는다 대결하는 자만이

성취할 수 있음을 멀리서 바라보면
눈송이보다 작은 하나의 점에 불과하나
정상에 旗를 꽂는 순간
나도 하나의 거대한 산을 이룸을
벗은 이미 알고 있었으리라

視界 전방 8m
올라갈수록 사물은 차디찬 적의를 나타낸다
어느 순간 차디찬
미지의 심연으로 굴러떨어질지언정
그렇다, 지금 나는
나와 대결할 수밖에 없다
내가 부족한데 악천후를 탓한들
산은 여전히 굳건하게 서 있고, 조난당한
벗은 어디론가 사라지고 없다
사라지지 않았다 산과 더불어
그는 언제까지나 거친 호흡 몰아쉴 게다

욕망의 능선을 가까스로 넘었을 때

나는 별안간 전율하였다
어느새 눈보라가 멎고, 새하얀 산허리가
구름 속의 해가, 눈 아래 연봉들이
문득 일제히 살아나
言語로서 다가오고 있었다 내 이제 손 가리켜
명명한다 너는 인내의 계곡이다
너는 고통의 낭떠러지이다 너는
내가 정복한 산이다 시야에 부복하는 산들
불굴의 의지를 시험하던 설산의 주봉이
달려와 나를 얼싸안고 있었다

나의 通過儀禮는 비로소
시작인 것을.

피어 있는 꽃
— 혜윤에게

그대 향해 다가서면 늘 내 마음은 무너져
바람이 부는 율곡로에서는 휴지와 같이
비가 내리는 세종로에서는 빗물에 섞여
어디 멀리 사라지고 싶었다 숨고 싶었다
그대 이런 나를 몇 번이고 만류하는구나

각막 이식을 하고 눈뜬 아침

나는 아직도 무슨 바람이 그리 많이 남아
살려고 애쓰는가 조금이라도 더 살려고 하는가
그대 곁을 맴돌며 맴돌며 나직이 불러본다
꽃이여 우리 지금 살아 함께 숨쉬고 있구나
살아야 할 많은 시간 앞에 내가 부끄러워 고개 떨군다

깨어 다가오는 우주여.

이승의 노을

잠시 일손을 멈추고
어머니를 보았다 색 바랜 몸뻬를
바다 어느 쪽에선가
한평생 쉬어본 적 없는 바람의 무리
굽은 허리를 두드리며 몰려오고 있었다

팔자에 없는 저마다의 생업
당신은 아무 말씀도 없으셨다
때때로 고개를 들어 멀거니 바라볼 뿐
긴 수평선————잠이 들 무렵까지
끓어오르던 개흙을 맨발로 서신 채

땀방울이 모여 이루어진 바다
뒷주머니 젖은 수건도 흔들흔들 집으로 향하고
소금에 절여져 썩지 않을 꿈을 던져
각박한 이승의 노을을 거둔 뒤에.

너와 나의 거리

수십 년을 너하고 내가 떨어져 살다가
수십 년 만에 너하고 내가 잠시 만났다
수십 년을 다시 못 만난다면
다시는 만나지 못한다면
너하고 내 가슴의 지워지지 않는 피멍 땜에
하 원통해서 눈감지 못할 게다
구천에 못 가고 헤매다닐 게다
恨반도 남과 북을 자유로이 넘나들며
　　형니임── 오마니──
울고불고 찾아헤매고나 있을 게다
　　저예요 저, 알아보시겠어요?
살아서 또다시 만날 수 있다면
머리카락 얼굴 만져볼 수 있다면
목소리 너털웃음 정담 나눌 수 없는
이렇게 사는 하루하루 산다고 할 수 없다
살아서 못 만나는 사람
살았는지 죽었는지 모르는 사람
너와 나의 거리 몇만 리냐 몇천 리냐
너와 나는 지금부터, 지금부터 해야 할 일이 있다
이 땅의 많고 많은 사람들아.

중동에서 온 편지

우리가 나아가야 할 곳은
지금 보이지 않는다
아우야, 눈을 부릅뜨자
저 거대한 파도
끊이지 않고 밀어닥치는
생활은 가장 무서운 바다
물을 퍼내라 어서
나는 힘껏 노를 저을게

아우야, 저기 앞쪽을
보아라 우리가 이 파도를 무릅쓰고
당도해야 할 내일은
어쩌면 암초 어쩌면 무인도
바람은 우리를
바다로 더 먼 바다로 몰아내지만
좌절로 이어진 지난날을
뒤돌아보며 한탄하지 말자

조각달의 묵묵부답을

원망한들 무슨 소용이 있겠니
껄껄 보란 듯이
때로는 웃어젖히면서
아우야, 우리가 흉금을 털어놓고
서로의 사랑과
서로의 정을 깨달을 날은
멀지 않아 올 것이다

보다 나은 날은 반드시
올 것이다 다만 꿋꿋이
내일을 완성하기 위하여
체념하지 말아야 한다 아우야
나는 노를 저을게
다시 사나운 바람이 불고
더 큰 오늘의 파도가 달려든다
여기는 넓고 아주 먼
뜨거운 바다.

백두산에 내가 오르는 날
— 古山子에게

목판에 그대 애써 괴로움 새기고 또 새김은
나라 하나 수이 흔들리지 않기를 바랐기에
허위허위 허위단심 강 다시 건너고 잠든 고을 지나
마침내 다다른 가장 높은 산의 기슭
시름시름 시름 긴 압록과 두만이 그곳 어디서 발원하
던가
내 멀찍이서 바라본 적도 올라본 적도 없는
산

세상 어지러움 수이 다스릴 순 없을지라
용왕담, 정계비, 병사봉, 삼지연
말로 듣고 책에서 보았다 그랬을 뿐
어디서건 머물지 않는 바람을 데리고 나는
지팡이 짚고 나선 적 없다 짚신을 사 신으며
홀로 걸으면 그대 앞에 놓여 있던 것은 오직
외길

무엇을 보았는가 앞서서 무엇을 보려 했는가
눈 돌리면 대륙은 우리 땅 아닐지라

눈 돌리면 반도는 둘로 갈려질 것을

태어난 땅 버려둔 것 스스로 부끄러워

꼭대기에 오르는 날까지는 울지 않는다 울지

않겠다 맺힌 것 많다 맺힌 것이 많아 그날, 목을 놓자

넋이여.

막걸리

갈지자걸음으로 큰아버님 오신다
전우의 시체를 넘고 넘어
사변통에 왼팔 잃고 반백의 머리카락
어찔어찔 어질머리 큰아버님 오신다

갈지자걸음으로 유복자 울 아재비 오신다
고향에 돌아와도 그리던 고향은 아니더뇨
부역자 없는 죄 쓰고 학살당한 일가 친척
실룩실룩 울먹이며 거창 아재비 오신다

갈지자걸음으로 오촌 당숙 오신다
이 풍진 세상을 만났으니 너의 희망이 무엇이냐
북만주로 피신하고 그 땅에 묻힌 종조부님
글썽글썽 먼 산 보며 광복절날 당숙 오신다

동화

우리가 좀더 자라면, 우리가 훗날 부모가 되면

우리를 낳아주신 두 분을 이해할 수 있을까 누이야, 그런 날이 올까

어려운 시절이구나 너나 나나 아직 어려 이 시절이 왜 어려운지 모르고

눈뜨고 있을 때 내 눈은 늘 겁에 질려 있지 잠이 들면 나쁜 꿈

늘 누군가에게 발길질당하고 있지 퍽퍽 두들겨맞고 있지

잘못했어요 제발 때리지 말아요 다시는 울지 않을게요

너처럼 용서도 빌지 않고 다만 이 악문 채 맞고 있지 눈물 철철 흘리며

몸을 한껏 움츠려 얼굴을 두 팔로 감싸라 그래야 흉터가 안 생겨

네가 잘못한 것은 울고 싶을 때 운 것뿐 그러니 빌지 말아

어려운 시절이구나 이 세상에 사랑하는 것보다 더 힘든 일이 있다면

무릎걸음으로 오빠에게 다가와 귓속말로 얘기해주지

않으련 누이야, 기다려야 한다

그날도 다름없이 어머니는 오래 통곡하시고 엎어진 밥
상 흩어진 밥알들이 깔깔

웃었지 깨어진 거울 조각을 둘이서 치우고 나면 밤이
깊어 옆집 기웅이도 잠들고

쓰르람쓰르람 쓰르라미 소리 쓰러져 쓰라린 가슴 쓸어
내리는 어머니를 잠재우자

몇 알의 신경안정제로 우리, 어머니를 잠재우자 온갖
저주가 퍼붓기 전 얼른

기찻길 옆으로 손 잡고 가 치면 뛸 것 같은 달을 바라
보자 철로변 풀숲에 앉아

발그레한 공을 바라보자 동화 속에서만 나는 자유롭고
조금도 안 무섭고

우리 어서 어른이 되면 좋겠다 그자? 누이는 그제야
환히 웃고

저 달이 떡이라면 오빠 먹고 나도 먹고

저 달을 따오면 온 뜨락 대낮 같겠네

왜 하늘에 달이 있을까 왜 사람들은 살아야 할까 기차
를 타고 이 밤에

다 어디로들 갈까 우리도 어디론들 떠났으면 좋겠다
그자? 누이야, 기다려야 한다

더 어려운 시절이 와도 나는 참을 수 있을 거야 나는
일어설 수 있을 거야

꼬박꼬박 조는 누이를 등에 업고 일어서면 눈앞에는
마침내 긴 강이 흐르고, 가자

……나는 아버지가 더 불쌍해…… 뚱딴지 같은 소리
하지 마

영아, 어서 집으로 가자.

새벽에

기억이 나네 어린 날 큰 법원 건물
밖으로 나왔을 때 소낙비가 내리고
무거운 하늘 밑에 고개 숙인 가로수들
한 사람 끝내 사형을 선고받아
한 사람 부축하고 돌아오던 그 여름날

가을날 거리의 낙엽과도 같이
남겨진 식구들 제각기 흩어지고
저마다의 아픔을 감추며 재회했던 이듬해 봄
산다는 것이 그리 거룩한 일일까
거룩한 일일까요, 무기수의 아내가 되신……

높다란 벽돌담 안
누군가의 나이에 긴 금이 그어지고
돌아누우신 어머니 한겨울의 새우잠
휘어진 등이 되어 기다릴지라도
밤이 다한 곳에서 웅크리고 있는 새벽

기억이 나네 어린 날 나만 아버지를 보고 웃었고

울먹이며 일어서던 그 모든 나날이여
완강했던 철문 오늘에야 열리고
모두가 외면했던 이름 하나
쓰러질 듯 쓰러질 듯 다가오는 새벽의 은빛 머리카락.

지금 빛나는 것은 다

풀벌레 소리가 점점 커지고 있어
마냥 좋구나 그대 곁에 벌렁 누워 하늘을 보니
온통 별이야 때때로 별똥별이 떨어지다 사라지고 말야
그대, 무슨 말이라도 하렴 22년의
괴로움과 온갖 슬픔 마침내 끝났으니 오죽이나 좋아
그런데 별빛은 光年을 달린다
수십, 수백, 수천 광년을 달리면
   (1광년은 9,467,000,000,000km라는군)
가물가물 반짝이는 한 개의 작은 점
   (작은 점들의 지름이 얼마인지 말할 필욘 없겠지)
아냐 별은 반짝이지 않아 스스로 쉼 없이 타올라
빛을 내고 있지 빛으로 존재하는 수천억의 별
별빛은 광년을 달린다 별과 별 사이
별과 행성 사이 사람과 사람 사이의 성간 물질을 헤치
고서
   타오르는 별만이 스스로 존재하지
   그대와 나는 타오를 수 없었을까
   타오르다 타오르다 초거성으로 폭발하지 않으면
   차차 식어 백색 왜성으로 숨거둠을 알지만

그대와 내가 떨리는 손 내밀면 따뜻한 교류
아물지 않은 서로의 상처까지 보여줄 수 없었을까
그대, 아무 말이라도 좋아 듣고 있을게
내 제일 가까웠던 사람 태양계 밖 제일 가까운 별은
켄타우루스자리의 프록시마란 별이라는군 제일 가깝
다는 게
지구와 태양 거리의 40만 배라고 해 우와 40만 배
그대와 나의 거리는 40만 배의 40만 배보다 더욱 멀다
여름밤 풀 향기 그윽한 그대 무덤가 찾아와 벌렁 누워
추억한다 아련한 머릿결 냄새 때때로 글썽거리던 두 눈
스물세 살이었다 차가운 별은 없지 그러나
타오르는 것은 다 식는다 지금 빛나는 것은 다.

어린 누이에게

보렴
바람 조는 저 들녘에
봄풀이 울지 않고 일어나는 모습을
보렴 이제는 모든 것 볼 수 있는
너의 눈으로

글피면 강을 건널 수 있겠다
오랜 장마비 뒤
하늘의 선물인 저 웃음짓는 무지개를
보렴 이제는 모든 것 깨우칠 수 있는
너의 눈으로

나가자 내 등에 업혀
가을이 되면 떠나지만
봄을 꼭 데려올 철새떼를
보렴 이제는 모든 것 거둘 수 있는
너의 눈으로

애, 청맹과니 내 누이야

텅 비었던 저 들녘에

눈꽃이 활짝 피면 고개를 젖히고

보렴 이제는 모든 것 사랑할 수 있는

너의 마음으로.

詩

술이 술을 불러 술을 마셨지
못 이길 줄 알면서
무슨 술을 그렇게 마셔야 했을까
마실 때야 좋았지 술 깨면서
그 긴 괴로움을 잘 알면서

술 마시고 들어온 이 밤
시 한 편 쓰고 잠들자고
연필을 들었지 떨리는 손
집 찾아오면서 가슴에 철철 넘치던
그 말들 다 어디로 갔을까

다 어디로 갔을까 살아온 날들
내가 살아갈 내 모를 앞날
다 합쳐도 일백 년 미만일 게다
허나 나는 지금 꽤 취해 있으니
유쾌하다 기분 좋아 잠도 안 오나보다

나와 함께 태어난 하늘 밖 어느 별도

궤도를 돌며 살다, 살아 있으니 죽을 게다
나처럼 살아 있는 한 살겠지만 숨탄것들 다
태어나서 기어이 죽고
태어나면 기어이 죽고

오늘 술 같이 마신 나의 벗들아
내 죽어 입관하는 날 다 모여라
연락하지 않아도 알고 찾아와다오
술 마셔다오 으하하 오늘처럼 웃으며
밤새도록 술이나 퍼마셔다오.

또 하루

아시는지
밀물 끝나면 다시 썰물 시작되듯
높새바람 그치면 다시 마파람 불어오는 것을,
생성과 소멸을 되풀이하는 만유의 뜻을
환호하여 일어서는 붉디붉은 동해 아침의 뜻을
아시는지

여문 과일 한 알에서
걸음마 시작하는 어린애에게서
연인의 입술에서
늙은이의 어깨춤에서
잊는 법을
견디는 법을
용서하는 법을 배우느니

밤이 오기를 기다렸네
목마른 별무리 고개를 수그리고
점점이 다가올 무렵이면
울음 우는 사람 곁에 다만 서 있고 싶었네

그대와 내가 실상은 한핏줄이듯
그대와 뭇 별이 또한 한핏줄임을
얘기해주고 싶었네

한 아기 태어나 울음 터뜨릴 때
은하의 바깥에서 별 하나 사라진다
끝에서 시작하여
처음에 이르는 것들이여
하나의 별자리는
한 개의 눈물 방울
저마다의 가슴에서 시작되어
영원도 되고 순간도 된다.

어느 겨울 저녁과 밤

우리는 다시 한지붕 아래 모인다 겨울도 깊어 날 금세
저물어

이둠 한 짐씩 이고 들어오면 우리를 기다리는 낡은 흑
백TV

TV 속 코미디언이 사람을 웃기려 한다 침묵 속의 식사

코미디언은 사람들에게 웃음을 선사하려 애쓰고 있다

우리는 아무도 웃지 않는다 웃어야 하는데 연뿌리 반
찬을 오래 씹는다

우리는 착실히 돈을 모아 생필품을 소유하고 언젠가
내 집을 갖고

소유함으로써 우리는 마침내 안심하겠지 원인 모를 공
포 때문에

무슨 무서운 정적 때문에 TV 앞에 무표정한 얼굴로
둘러앉는 것일까

밥상이 방 밖으로 나가고 우리는 말문을 잃는다 죄지
은 듯 시선을 피한다

참 어중간해

잠을 자기엔 어중간한 시각이다 세계는 시방 어중간
한걸

성내동 김천 경상북도 극동 동남아 아시아주

지구 태양계 은하계 우주 유한과 무한 그러나 지하실 방

우리가 앉아 있는 이곳은 지구의 변두리일까 우주의
변두리일까

우리는 세계의 종말을 향해 가고 있을까 아니면 새로
운 출발점으로?

아버지는 연탄불을 갈고 들어오신다 담배도 한 대 피
우고 들어오신다

우습지 않니? 왜들 웃지 않는 거냐? 어머니부터 웃지
않으시면서

무슨 병이 귀 뒤에서 고름이 계속 나와 어머니 수술을
하셔야 될 텐데

아버지는 내일부터 출근하지 않으신단다 왜요? 말씀
을 안 하시는구나

후기 대학에도 떨어진 막내가 먼저 일어서고 나도 시
를 쓰겠다고 일어선다

"또 하루가 가고 한 해가 가고

누가 누구의 임종을 먼저 지켜볼까

우리의 죽음은 예정되어 있다"

막내가 옆에 와 빙긋 웃는다 우리 앞에 엎드려 있는 긴
겨울의 밤

우리는 어차피 혈육이다.

酒法
— 중앙대학 앞 왕개미집에서

일백 년 후에 이 술집이

어떻게 되어 있을지 내 짐작할 수 없지만

오늘 이 자리를 잊지 않으려

술을 마시자 얼마 동안이라도 도취하도록

결코 비틀거리지는 않도록

일백 년 후의 내 머리카락과 뼈

어떻게 되어 있을지 내 짐작할 수 있지만

오늘 우리 이렇게 살아 숨쉬고 있으니

자 마셔라 탁한 세상 탁한 술을 마시자구

정이 넘쳐 눈물이 고이고

얘기가 끊기면 미소만 짓고

빛나는 기억보다

빛나지 않는 기억들이

더욱 빛나리라 지금부터 일백 년 후

오늘 이 자리의 기억으로

식은 가슴이 따뜻이 차오르면

술 없이도 취할 수 있도록.

퇴원을 기다리며

그대 잠들었을 이 밤 열 내리지 않아
나는 잠 못 이루고 있다
그대 잠들었을 이 밤 신음을 참으며
나는 창 열어 밤의 향기를 맡는다

피 묻은 대지를 잠재우며
무리 지어 별들이 황천을 운행하고
풀벌레와 더불어 내가 숨쉬는 기쁨
덧난 환부 같은 나날이더니

주사 바늘과 알약 하나
수술대 위에서 휠체어에서
부서지고 무너져가는 것들이 피워내는
아름다움은 얼마나 눈물겨운지

밤하늘 날 위해 글썽이는 뭇 별과
피었다 떨어지는 들꽃 한 송이
움직이는 것은 모두 모두 영속하여라
너와 나의 기억 속에서 영속하여라

잠시 머물다 헤어짐이건

오래 머물다 헤어짐이건

죽음까지의 과정은 또 얼마나 귀한 것이냐

너와 내가 살고 싶어 이 아픈 지상은.

목숨

번민의 밤마다 너는 볼 수 있다

미리 위에 무수히 많은 별이 있다고 하여 네가
그 어느 한 별의 목숨을 점칠 수 있겠는가
그 별을 목성이라거나 금성이라거나
희망이니 영원이니 이름할 수 있겠는가
태어난 그 순간부터 살고 싶어 죽어가는 우리가
거짓과 오욕의 밥을 먹으며 살아가는 우리가
마른 풀잎 하나라도 일으켜세울 수 있겠는가

같은 별을
죽은 너의 할애비가 보았고
오늘 네가 울며 보고 있고
네 죽어 손주놈이 또 볼 것이다
누구나 생명으로 만나 씨를 뿌리고
죽어 하나의 생명으로 돌아가리라
또 하루를 살면 또 하루가 사라지리라

계절마다 별자리는 바뀌고

보이지 않는 바람이 보이는 것들을 움직인다
별자리 바뀔 때마다, 소리치고 싶었다 나 너를
사랑한다 사랑하기 위하여 내가 산다고
나 너를 사랑한다 하루라도 더 사랑하기 위하여
내가 산다고 마른 풀잎의 목숨까지 사랑치 않는다면
우리는 한줌의 재에 불과한 것을

번민의 밤마다 너는 알 수 있다.

당신이 내 앞으로 걸어오면

당신이 지금
아무것도 입지 않은 몸으로
내 앞으로 걸어오면
나는 넌지시
들풀로 탈바꿈해 나부죽이 흔들릴까보아

당신이 지금
아무것도 가지지 않은 손으로
내 앞으로 걸어오면
나는 넌지시
풀피리로 탈바꿈해 흐느껴 울까보아

살아 있기에
온갖 아픔 못 떨치는 당신과
한 백년만 바람 맞으며 흔들릴 수 있다면
나는 들풀이 되어도 좋다
나는 풀피리가 되어도 좋다.

그날

그 거리를 나는 다시 못 밟겠네
그 찻집 그 자리 지금도 가면 있을지 모르지만
늦가을의 오후 궂은비 내려 어두워진 거리
충정로 2가 그 찻집 근처에서
한 시간을 맴돌았지 차마 말할 수 없어
들어가야 하는가 그냥 돌아가야 하는가
한번 더 얘기를 나누기로 하자
머리를 털고 옷깃을 세웠지 단호히
들어섰을 때, 바흐의 토카타와 푸가
그 음률 자욱한 구석 어두운 자리
고개 숙인 그대 앞에 다가섰을 때, 토카타와 푸가
말없이 뛰쳐나가던 그대를 왜 나는
그때 붙들지 않았을까 지금은 그대
어디서 무엇을 하고 있을지 모르지만
그 곡, 잔물결 이루던 바흐의 토카타와 푸가
충정로 2가 그 찻집 그 구석 자리
지금도 가면 있을지 모르지만
일백 년 후쯤엔 어떻게 변해 있으려나

그 거리를 나는 다시 못 밟겠네.

벽제에서

―박형희 죽은 다음날

그대를 보냅니다 스물일곱에
영원과 얘기하러 그대 떠났는지요
사람 사이에서 그렇게 파릇파릇하더니
죽어서 하늘 구름 불러모으시나요
제 눈앞에서 그대는 하얗게
하얗게 가루로 빻아지는군요
벽제의 하늘은 늘 이렇게 무거운지요
이 뼛가루 어디에 뿌려야 좋을지요
사람 사이에서 저는 그 누구도
울리지 말자 맹세해보지만
죽은 사람은 바보이고
산 사람은 죽을 때까지 어리석음에.

II

겨울 굿판

올려주마, 울고 섰는 넋들이여
올려주마, 정월 굿판에 흩날리는 눈발 속
그냥 떠날 수 없다고 서성거리는 그대
발걸음…… 그래, 내 노래하마
허기진 바람도 낱낱이 풀어헤쳐

자정 부근에 누워 있던 야윈 살들
기인 아쟁 소리 한데 어울리어
하나둘 뒤척이기 시작한다
쉼 없이 이어지는 파도의 발성 연습
입술 부르튼 꿈 눈발 되어 날리고

저 멀리
별빛인지 인광인지
굴곡 많던 목숨들인지
이리저리 떠다니는 것이 보인다
버티어온 삶의 흔적만은 남아
신들린 양 매암도는 이곳에도
터부처럼 널려 있는 숙명의 이름들

분간치 못할 어둠의 심층으로
떠나는 이여 떠도는 이여
여기 너울지는 겨울 바닷가로
오라 오너라 다 모이거라
탓하지 않으련다 누구의 연분인들
언젠가는 뿔뿔이 흩어져갈 것을

이렇게 산다 엎어졌다가도 일어서고
이렇게도 살아 사위어졌다 돋우어졌다
끝날 줄 모르는 전쟁의 시름이
장구 장단에도 흠씬 배어 있구나
실성하여 몰아치는 갯바람에 맞서
휘두르는 쾌잣자락, 발버둥을 치면서
한 가닥씩 넘어지는 목이 쉰 巫歌
이런 천하에 못할 짓
누가 우리의 핏줄을 지켜갈 것인지……

주술의 힘으로 거듭
나는 소생하여 춤춰야지

살아 생전 이런저런 허물 궁굴리어
하늘과 땅을 잇는 몸짓으로
되풀이되어질 우리의 설화
이제야 저기 이르름의 끝
동트는 하늘가를 오르고 있는
금빛 넋들의 춤, 춤판, 춤사위.

새벽 종소리

잠 못 들던 넋 하나가 달려와
마음 수척한 그대
선잠의 문을 열어제칠 때
나도 들었다, 성황당 넘어 어디에선가
또 하나의 생명 울음 터뜨리는 소리

살아 있음으로 그저 기쁘고
허공중에 헤매어 늘 가슴 저린
살붙이들아 아느냐 끊기 힘든 인연을
아침 새로이 배기 위하여 어디에선가
또 하나의 생명 숨 몰아쉬는 소리

내 모르거니
크지도 않은, 그리 작지도 않은
그대 오랜 소망의 촛불 밝히기
아득한 음파 바람을 밀어올려
별들이 길 비켜서는 새벽.

조선 문둥이

더운 가슴만 갖고 우리 만나세
손가락이 없어 악수 못 했나
아니리 끈끈한 사설에
누런 얼굴 술기운 오르곤 하였지

한갓 비천한 몸으로 태어난 이 땅
때 절은 소매를 걷어붙이고
해토머리 강언덕에서 엉엉 울어도
그리운 사람아 네가 없어 텅 빈 들이며 산

산도 옛 산인데 저 황토 산마루
술이 취해 함께 부르던 노래 생각나
중중모리로 대물려온 삶
더운 가슴만 갖고 다시 만나세.

내림굿

찔레꽃 떨어지는 새벽의 마을에서
살아왔다 앓아왔다 내 사람아
계면조의 울음일랑 묻어두고
한 손엔 부채 한 손엔 방울을 흔들며
내 애간장 태울 대로 다 태워, 에라
되짚고 돌아서 널뛰듯 춤을 추라

해매던 넋 하나 돌아오고 있다
서러움에 지쳐 이렇듯 몸 쑤시면
차라리 악에 받쳐 세찬 도리질이야
같이 죽어 영원히 같이 살 것을
눈 못 감고 죽은 너는 먹장구름이야
내 얼굴에 퍼붓는 너는 굵은 빗방울이야

고샅을 돌아나오면 꼭 네 생각이 났다
피었다 지고 졌다 또 피어나는
찔레꽃 산길에서 하나가 되었던들
오냐, 남치마 일월대 홍철릭 신칼
내가 살아 삶의 내력을 풀어간다면

너는 다가와 죽음의 내력을 들려주어

보았다 아무것도 안 보여 팔 휘저으며
왔느냐 어디를 갔다가 예 왔느냐
수많은 영육 밤의 수렁에 빠졌는데도
흥을 못 이겨 난 이놈의 흥을 못 이겨
튀는 율동이 되어, 만개한 꽃송이가 되어
햇살을 향한 入쯔라니…… 내 사람아.

白首狂夫의 처에게

새도록 누워 뒤척이던 저 강이
새벽을 향해 흘러 내 가슴께에 차오른다
숙취의 새벽이다 아낙이여
감당할 수 없는 세월을 흘러
마을을 하나씩 일으키고
들판의 곡식을 마저 익게 하라
산은 그대 잘 익은 젖가슴처럼
솟아 있도다
야밤에 융기되는 그대 젖에 의해서
한 사내가 튼튼히 완성되어왔다
도도히 흐르는 시간
말릴 수 없는 시간의 물결이 흘러간다
내 검은 머리칼 휘날리며 몸을 던졌다 아낙이여
마디마디 쑤시고 저린
노래를 불러라 입에서 입으로 전해질
노래라도 불러 취해서 바라보면
죽은 것도 산 것도 다를 게 없도다
하나의 계절이 온전히 저물어
말술과 땀으로 온 누리가 젖을 것이다

희끗희끗 세어질 것이다 다 잊자고 그대 그토록
마셨는가 마셨다 취하였다 다만 내 이대로
잠들고 싶다 기나긴 잠
죽음과 삶이 어우러진 잠을 향해
단호한 몸짓으로 백수의 사내가 도하하는 날
아낙이여, 오래 울어
아름다운 이여
강이 되어 산 아래 그냥 드러눕는구나
그를 사랑한, 그가 사랑치 않은.

상쇠의 노래

어찌할 수 없음을 어찌하리야
가도 가도 정 붙이고 살 수는 없어
날 새면 令旗 앞세우고 또 떠날란다
재 넘고 물 건너면 늘 설레이는
사람들의 마을마다 드리운 그림자

꽹꽹 꽹그랑꽹꽹 이리 모이소
뜬쇠야 이노마야 머하고 있노 돌아야지
한나절 넋 놓고 퍼질러앉아
놀다 가는 이 마당은 일장춘몽이렷다
열두 발 상모를 돌려 돌려 돌아간다
돌아갈 곳은 없는 우리는 남사당패

왜 또 떠나야 하는지는, 내도 모린다
그림자 드리운 마을마다 잔기침 소리
대대로 물려받은 이놈의 애옥살이를……
이렇게는 안 산다 못 살아
어우러져 울다 웃다 옷 털고 일어서면
우리 마음이야 어디로나 틔어 있는 것을

나이 많아 요 몸 안 아픈 곳 없대이
오라는 곳 없어도 돌고 또 돌아
젖은 목숨 떨기 떨어져 누운
남도 허허벌판에 또 바람이 부네
길고 매서운 겨울이 기다리고 있는데.

神市

태초에 커다란 뜻이 있었다
내가 없는 동안 세상은 몇 번이나 젖혀졌을까
꿈꾼 것은 오로지 전혀 새로운 아침 그 누구도
안아보지 않은 처녀의 젖가슴과도 같은 싱싱한 살의 춤
빛의 춤, 비와 구름과 바람의 춤
움직이는 것은 모두가 참되도다 참 아름다움이로다

어느 날 눈을 뜨자마자, 내가, 전신으로 느꼈다
사지가 뒤틀리는 용틀임과
太白山같이 굳건한 힘의 발정을
아아 이제는 웃으며 아침을 맞을 수 있겠구나
마침내 싸움이 시작되고 그 싸움 끝이 없겠지만
두렵지 않다 한 나라가 이 땅에 설 터인데

움직여라! 서서히 얼굴을 드러내는 생령들이여
움직여라! 나 또한 움직이리라 절 거듭 올리며
내 원하노니 이 나라 무궁히 이어지기를 번성하기를
제 스스로 자리를 찾을 줄 아는 질서를
밤마다 머리맡에 깔리는 별들 주어진 자신의 궤도를

돌고

    지금 이곳으로부터 나는 상승한다 더 큰 뜻을 펴기 위
하여

    나는 세계의 일부 세계는 언젠가 나의 일부
    모든 지아비와 모든 지어미가 나를 기억할 것이다
    설마, 끝끝내 동굴 바깥으로 나오지 못하고
    끝끝내 고통을 벗삼아 죽어가려는가
    지금쯤 인간이 되었는가 나의 신부여
    ……오늘밤부터 그대는 처녀가 아니다!

너의 넋을 내가 씻어

너와 나는 저 물같이 합수하여
한세상 시름없이
가슴 맞대고 살고 싶어했네
이제 다 두고
떠날 테면 먼저 떠나라

내 귓가에 파도쳐오는
네 웃음 소리 목소리는 청청한데
너 없어도 푸르른 저 하늘 저 바다
이제 다 잊고
쉴 테면 부디 편히 쉬어라

살아 못 이룬 것
너를 씻음으로 내 이루고 뒤따른다면
바람 센 저 언덕에 해당화 어울려 피겠지
이제 다 풀고
갈 테면 원 없이 가거라

눈

葬地에 눈이 펑펑 내리네

환갑을 못 채운 한 생애
소경으로 사신 작은할배
단소 하나 남기고 오늘 묻히었네

고단했던 육신 흙이 덮고
다시 눈이 덮고 눈은 녹을 테고
작은할매 눈물 펑펑 뿌리며
돌아오는데 한이 없는 저 하늘
눈이 아주 펑펑 내리네.

탈판에서

횃불 들고 모이자 안동 땅으로
탈 쓰고 모여라 河回 마을에
춰발이놈 저 춤 좀 보소 가리운 얼굴
풍물 장단 소리 맞춰
이리 꿈 저리 꿈 이리 비 저리 비
　　　　틀　　틀　　　틀　　틀
얼쑤 좋다 저것 봐라 한삼자락 휘날리며
밤하늘 차오르는 더운 넋의 춤너울을
흥에 겨워 몸 구르고 서러워 땅을 차고
鬼面으로 욕을 한들 막막한 가슴
저마다 별 열린 하늘 지붕삼아
한도 없이 원도 없이 만났으면,
천년 만년 살 도리 없으니
엎어　　　졌다 만월 우러러 탈춤 한 판
　졌다　젖혀
언젠가는 후미진 곳에도 시금치 씨를 뿌리자
시금치 나게 한바탕 신명나게 땀에 푹 젖어
煞이란 살 몽땅 풀게 환한 이 한밤
벅찬 삶은 어느덧 전설이 되고

취발이 속으로만 울거라 날 밝을 때까지

잊을 것 잠시만 잊고   쩍 멀리 솟구쳐라.

울

후

살으리

울려거든 울어라 형제여
지금 들은 얼어붙어 있으나 피 피땀 피눈물 흘러
도수장 옆 언 도랑을 적신다 뻘겋게 언 귀 귓전에 떠
도는
사람 울음 소리, 짐승 울부짖음, 그날의 부르짖음
"과거를 생각하면 종일 통곡에 血淚를 難禁할 바
라……"*
거친 호흡 먼 들을 달려 서릿발 서는가
춥다 차가운 눈초리들
칼을 갈자 칼을 들자 우리 이 칼로
벨 수 있는 것 아무것 없다
피 묻은 세월도
대물림해온 이 노릇도
눈감고 한칼에 벨 수가 있다면야
다 잊고 그만둘 수가 있다면야
우리 언제부터 이렇게 운명지어져 외톨토리인가 몰라
버리고 떠났다 다시 돌아와 칼 쥐는 이 노릇을 나도 몰라
너나없이 패랭이 흰 고무래[白丁]
봉분 없는 무덤 떼 못 입힌 무덤들

사시 장철 검정 버선 무명 삼베로

숙환의 그 겨울도 이겨내야 했다 이겨내야 한다

겨울의 끝은 아직도 멀고 여전히 멀 텐데

형제여, 세상 참 공평치 못하다 참 어둡다

눈이라도 한바탕 내리려는지 펑펑 내려 다 같은 색 이
루려는지

진주 풍천 현풍 포항

대물려 살으리 살으리 살아야 할 이 터전

……우리 조상님 대대로 쌍놈이었다는 기

내사 하낫또 안 부끄럽다.

* 1923년 4월 25일 경남 진주에서 공포된 형평사 결사문에서 인용.

띠뱃놀이

또 배를 띄우세 가마니 두 장 쌍돛 달고
허수아비 뱃사람 먼 바다로 나가 다 죽어라
돌아오지 마라 무리지어 돌아오는 넋들인가
간간이 눈발 내려 막걸리를 퍼마신다 춤추고
크게 한번 놀아보세 다투어 꽹과리 두들기며
얼씨구나 안강망 절씨구나 안강망
언 가슴 다들 더워 올라
미끄런 조기야 코코에 걸려라
껄끄런 조기야 코코에 걸려라
한마음 이루어 노래를 부른다 목이 터져라
네 가슴 내 가슴 응어리진 것 다 풀어보세
우리네 살림살이 늘 요 모양일까
달 바뀌고 해 바뀌어도 어쩜 요 모양일까
또 배를 띄우세 연연히 내려온
슬픔도 온갖 설움도 오늘 하루는 놀며 잊어보세
……못 잊겠다, 돈 벌겠다고 집 나간 누이동생
해 바뀌어도 소식 한 자 없고…… 못 잊는다
애비 없이 몸푼 우리 형수님 곱던 얼굴을
못 잊어 내 이 바다 끝끝내 못 떠나는지……
어느덧 눈 펑펑 내려 세상 순색으로 깨끗하구나
배 띄웠으니 이제 돌아가세.

望夫

바깥에 바람이 처량히 부네요
제 설움이 아주 깊어
운신조차 못 하게 되면
그대는 어느 꿈자리에
백설이 내리듯 내려오실까
달은 져도 다시 뜨고
겨울 가면 봄 오건만
야 속 타
왜 먼저
가버려야 했소?
아픈 가슴은 저미고 저며
곰삭은 젓갈 빛깔이라오
두 다리 쭉 뻗고 살자고
등 빠지고 뼈 빠지게 일하다
그렇게 훌쩍 떠나가버린
야 속 타
맨 처음
정성으로 섬긴 그대
옆에 누워 들던
문풍지 바람 소리
나를 따라 흐느끼고 있네요.

시골장

아직도 5일장이 서는 내 고향에 가면
안 그래여 머라 캐샀노 니 자꾸 그칼래?
사투리가 그 철모르던 시절로 우리를 데려가겠지
텁텁한 막걸리가 생각나면
쌍과부 임자 없이 장사하는 술집으로 가게
술에 좀 취하더라도, 시망스런 사람아
아저씨 이거 노이소 어데를 만지고 그래예
이런 소릴 들음 곤란한 일이지
재수 없으면 눈두덩이 시커멓게 멍들지도 몰라
시무룩하게 술 마시던 어떤 홀아비가
구석에서 시뻘건 얼굴로 달려나와 주먹 날릴지
이 아저씨 참 얄궂다 대낮에 와 이카노
시부렁거리더라도 실없는 사람아, 사랑해주라
그 집 김치는 분명 시굼시굼하겠지
그만 마시고 시끌시끌한 바깥으로 나가게
아직도 있을 그 장터 그 바닥
시설거리는 약장수 패와
시실거리는 꼬마 녀석들
새하얗게 머리 센 시어머니 뒤따르는

저 색시(아줌마라고 어떻게 부르겠나) 등에는
새근새근 잠든 아기가 있고 오늘 사가야 할
실꾸리가 있고 옷가지가 있다
내가 버린 고향이 거기에 있다
다시 찾지 않은 시골장이 고향에 가면 있다
씨억씨억한 사람들이 시위적시위적 살아가는
물 맑은 곳, 시퍼런 하늘의 배행기 쳐다보던
그곳이 지금 어떻게 변했을지 모르지만
나는 죽는 날까지 그 장터 그 바닥을
못 잊는다, 못 잊는다, 그 구릿빛 얼굴들을.

豊漁祭

에이야 술배야 내가 이제 가야겄다
첫새벽이 터오는 저 망망대해
안개 자욱한 바다는 잠귀가 되게 질겨
내가 간다 기다리고 기다렸지 울지 말어라
선창가 사철을 펄럭이고 있는 나를 닮은 처자식

필릴리 젓대 소리 장구잡이 신이 올랐구나
조옷타 이에야 술배야 술배로다 얼쑤
얼쑤 몸부림치듯 춤춘다 제 흥에 겹다가도
제기랄, 노래는 목이 메어 멎고…… 바라보면
바다를 부여안고 잠든 애비 애비들

이에야 술배야 술배로구나 목탄다 목이 타
당맞이旗 높이 오르면 노구메 힘껏 던져
내 모든 것을 바쳐야 할 저 거친 바다의
사해용왕장군 노여움도 풀어드리고 내가
간다 끼룩끼룩 우는 갈매기들아 뜨내기 갈보들아

징을 쳐라 징을 혼신의 정성으로

어디에서나 얽혀 있는 천한 목숨들이
먼 바다로 간다 지금은 다만 웃고 춤추자
궂은 날 잠 못 이루고 기다릴
식구들아 쉬어라 내가 간다 가야겠다.

鎭魂歌

작약이 또 피었구나 신태집*을 들고 춤을 추라
오늘 이 마파람 왜 흐느끼며 흐느끼며 불어오는지
내 다 안다 스물을 못 채운 나 어린 네가
왜 아직 돌아오지 않고 있는지를 내가 다 안다
넋이라도 있고 없고 오래 산들 백년인데
너는 왜 스스로 그 길을 갔는고 도대체 왜?

나이 어려 못한 결혼 시신이라도 찾았으면
처녀로 죽은 배필감 찾아 억지로 초례청을 차렸다
와야지 넋이라도 있고 없고 산 사람이라도 살아야지
밤낮으로 네 생각에 요러콤 생시에 울화만 쌓아
꽉 막히고 닫히고 맺히고 얽힌다면
확 뚫고 열고 끊고 풀지 못한다면

가거라 내 너를 死地로 보내지 않았건만
계절 바뀌고 몇 개 성상 흘러가도 오지를 않고
가거라 극락으로 타고 갈 용선**이 예 마련되어 있다
오늘밤 신방에 들어 원통하게 숨진 너의 분도 풀고
이승의 매듭 올올이 맺혀 있는 나의 응어리도 풀어

풀어서 다시 맺어진다면 그래그래 하늘과 땅이 커다란
하나인걸

아아 어아으 아아 아에아오 오오 오오……
무당이 운다 신이 내려와 운다 이빨 없는 할망구들 함
께 울고
왜 이다지 많은고 앞산도 첩첩 뒷산도 첩첩이다
왜 이다지 많은고 제대로 잘 죽지 못한 목숨들 다
돌아오라 돌아오라 육로로 환생하옵소서 마파람 저리
흐느끼고
함박꽃 또 함박 피어 이승의 남은 날이 그래도 아득타.

* 신태집: 넋을 담으려고 만든 광주리.
** 용선: 넋이 극락으로 가는 도중에 있는 강을 건너라고 만든 배.

바람 노래

사람들이 앓고 있다
지금은 귀기울일 때
소리치며 새벽이 달려오고 있을
하늘 한 자락 우러르다 문득 고개 수그리면

아픈 혼들의 옷소매가 펄럭인다
어디를 가도
뻘겋게 얼은 귀와
송판 같은 가슴 태우며 사는 사람들이 있더라
이들 또한 맨살이고 맨살뿐이고

가솔이여
부대껴왔다 부대껴왔다고
말하지는 말아라
꾸준히 나는 좀더 높은 곳으로 나아갈 터이니
간밤 때아닌 비로 젖은 이 땅
내 땀 흘려 다시 한번 적실 터이니
벗은 등줄기에 바람 거세게 불지만

모래와 물의 긴 인내를 못 배워

부지해온 이름들이 시시때때 타오른다

어디를 가도

밟히며 살아가는 잡풀이 있더라

아직 비 그치지 않아

겹겹이 에워싼 근심 깊어질지라도

바람이여 잠든 지상에 몰아치는 소리여

오다 오다 오다

오다 서럽더라 서럽더라도

앓고 있는 사람들아

새벽이 멀다 지금은 내가

맞받아 대지의 바람 잠재우는 크나큰 나무가 될 때.

가시리

그대는 바다입니까
밤마다 머리맡에
그리움의 파도 소리 철썩입니다
잠 못 들어 지새이는 나날
내 이제 바다가 보이는 언덕에 묻히면
그대 내게 밤이나 낮이나 달려오겠지요
나는 위 증즐가 대평성더

그대는 하늘입니까
해맑은 낯빛으로
멀리서만 바라보는 안타까움입니까
기다림이 쓰라린 날
내 이제 탁 트인 산마루에 묻히면
우리 서로 원도 한도 없이 볼 수 있겠지요
나는 위 증즐가 대평성더

그대는 구름입니까
이리저리 떠돌다가
눈물 뿌리고 사라지는 역마살입니까

우리 살아 마지막 만나는 날
내 그예 강에다 몸 누이면
비로 오시는 그대 늘 맞을 수 있겠지요
나눈 위 증즐가 대평셩딕

그대는 대지입니까
네 계절을 다스리는
모성의 시름입니까
이 산하 꽃 다 지는 날
내 비로소 씨앗이 되어
그대 품에 오오래 묻힐 것입니다
나눈 위 증즐가 대평셩딕

밤새움

쉴 곳은 어드매에 있는가
빈자리에 어둠이 내리고
이렇게 모여 밤을 밝힌다
가는 모습도 못 봤네 내처 그립던 사람
이 이승의 어느 집 불이 꺼지면
저 저승의 어느 집 문을 두드릴까

맺히고 엉겨 자꾸 멀어지더니
오늘은 돌아와 칠성판 위에
누워 있구나 낯빛은 창호지
진달래 뜯어먹던 그날은
갔다 돌아올 리 없고
우리는 모여 밤을 밝힌다

없이 살다가 객지에서 죽건
못다 한 삶 병이 깊어 죽건
죽음보다 기막힌 이루어짐은
없다 졸리운 우리의 귓가에
동구 밖 이름 모를 새
새 울어, 새 왜 자꾸 울어.

달래고개에 와서

달래나 보지 그랬어
촉촉이 젖은 마음이나 앞세우고
머물다 갈 짧은 길
하늘 한 번 보고 물 한 모금 마시고
살아 있는 것들의 측은함을
돌아다보지 그랬어
두고두고 뉘우칠 일
말려보지는 않고
이러쿵저러쿵 따져봤댔자
누구의 허물도 아닌 일을
이미 있는 것들을
그렇다고 다 덮을 수야 없는 노릇
벗겨진 땅덩이나 울며
울며 내려치지 그랬어.

허튼춤

가진 것이 없어 빈손이다 니나 내나
살다보면 언젠가는 송장인걸 깐노무 거
니하고 내 사이에 가릴 기 뭐가 있노
벗어제치고 한판 어불러 춤추자 허튼춤 흐트러진 춤
니놈이 보릿대춤이면 내는 절구대춤이다 얼씨구
니놈이 배김새춤이면 내는 도구대춤이다 절씨구
니놈이 몽둥이춤이면 내는 막대기춤이다 그렇구말구
남 먼저 일어나 쌔가 빠지게 일했다 못 입고
못 먹었다 소 사서 키우고 부자 된다는 복합 영농
한 해 농사 거두는 가을 오자마자 떨어지는구나 우수수
고추 파동 배추 파동 양파 파동 마늘 파동
돼지 파동 소 파동 어떨 때는 미친 듯이 치솟아오른다
애지중지 두 해 기른 소값이 똥값 되니
정신 못 차리겠다 징 치고 꽹과리 뚜들겨라 아무렇게나
니하고 내 사이에 체신 떨어질 기 뭐가 있노 아무렇게나
위아래 껑충껑충 뛰어도 좋지 내 더러버서
깨금발로 콩닥콩닥 뛰어도 좋지 내 더러버서
두 팔을 옆으로 쭉 펴고 빙글 돌아도 좋지
팔꿈치를 굽힌 채 두 손을 좌우로 흔들어도 좋지

좋지 좋아 언 놈이 뭐래도 내는 굴하지 않는다 흥
　선도금, 출하 약정금, 중간에서 요놈이 먹고 조놈이 먹
고 흥
　니놈이 절구대춤이면 내는 보릿대춤이다 얼씨구
　니놈이 도구대춤이면 내는 배김새춤이다 절씨구
　니놈이 막대기춤이면 내는 몽둥이춤이다 그렇구말구
　냉해가 와도 태풍이 와도 끈질기게 살아 남어
　니하고 내하고 뜯어먹지 않고 땅 치며 춤추는 세상으로
　얼씨구 절씨구 잘사는 세상으로 어절씨구 그렇구말구.

달빛

떠돌아다니지 않겠습니다 누님
누님의 신음으로 뜬눈으로 밝히는 밤
하   감   숨
　　얀　　　　나
　　　　　　　　무　　　막
　　　　달　　　에　　　히
　　　　　무　　　　　　　　　는
　　　　　　리　　　걸
　　　　　　　　　려　　　시
　　　　　　　　　　　　　간
애달아 뒷산으로 달음박질쳤으면
감을 따겠습니다 먹을 이 없을 이 집

서러워하지 않겠습니다 누님
누님의 자리보전으로 집이 잠들어도
하　　　　달　　　　뜰
얀　　　　빛
　　　　　을　　　　거
　목　　　　　　　　니
　　덜　　　두　　　는
　　　미　　　르
　　　　　　　고　　　모
　　　　　　　　　　습
어른거려 그냥 대청에 주저앉아
하늘을 보겠습니다 아무것도 없는 하늘

상여 앞소리꾼에게 들은 말

참 많이도 만졌다 사람 몸뚱이
수족을 거두어
칠성판 위에 눕히고 보면 한 구의 시체
주검 하나, 울면서 태어나 웃으며 살았어도
주검 하나, 관 하나, 무덤 하나
매맞아 죽고 총맞아 죽고
불에 타서 죽고 물에 빠져 죽고
창자 터져 죽고 가슴 썩어 죽고
잘 죽는 기 그토록 애럽구나
잘 사는 기 이토록 애럽구나
내는 하대받으며
가는 넋 달래주느라 호미처럼 휘고
아직 살아 있으니 무릎 꿇고 나무못 친다
아직 살아 있으니 요령 흔들며 향두가 부른다
오장 다 쏟아지게 향두가를 부른다
대숲을 지나 개울 하나 건너
묻고 땅 밟고 돌아온 날이면
눈앞의 모든 기 씰데없구나 다
질척거린다, 질척거린다, 헛헛하기만 한걸…… 허나,

산천 초목은 그냥 그대로 그냥 그대로일 뿐
대나무는 대나무고 소나무는 소나무다
운삽은 운삽이고 불삽은 불삽이다, 이것 보게
사람은 항시 사람일 뿐이다 죽은 사람아
넋을 떠나보내고 나서 다시 배고픈 사람들아.

설문대 할망에게
— 무주고혼의 노래

그래도 어디론가 가고 싶더라 설문대
할망 큰 치마폭에 담긴 흙은
섬이 되어 굽이굽이 남해 물결에
시달린다지 우리 고기 잡다 지치면
미역 거두다 그놈도 싫증나면
설문대, 장돌뱅이가 된들
어떠냐 덩실덩실 남사당패 따라다니다
구천에 다다른들 뭐가 어떠냐

한라산을 베개삼아 누우면
철썩이는 넋들이 떼지어 달려들어
허리께를 적신다지 대물림되지 않을
뭍을 향한 우리 험한 꿈 종내는 익사하여
심해에서 헤맨 지 어언 수삼 년
만수향을 피워주어 열두 거리
쓰라림도 피워올려 열두 거리

가파도와 일출봉에 발 디디고
수천 년 눈물 모인 이 바다에서 빨래한다지

천지간에 우리 몸 아무리 부대껴도
묻힐 곳은 없더라 제주 푸른 앞바다
뼈다귀만은 그래도 남아, 설문대 할망아
흙과 함께 그 치마폭에 묻히고 싶더라
양지바른 아무 언덕에나 묻히고 싶더라.

핼리 혜성을 보내며
— 融天師에게

내 이마가 뜨거워 잠깬 밤마다 고개 들면
보였다 긴 꼬리를 끌며 타원의 궤도를 춤추던 별 하나
땀에 젖은 내 가슴에 금빛의 화살이 되어 달려들 때
보았다 은하의 계곡에서 몸 씻으며 일어서는 절대자의
얼굴을
그 얼굴에서 떨어지는 굵은 땀방울을 먼 안드로메다
산산이 의문부호가 되는 하늘의 물보라를 보았다

그대 죽었을 때 어느 별이 주검 지켜보았을까
그대가 노래한 세 화랑은 어디에 묻혔을까
내 알지 못한다 왜 76년마다 은하의 언저리
슬픔 많은 녹색 행성을 향해 달려왔다 달아나는지
일천사백 년의 시공을 사이에 두고, 융천사
왜 내가 다시 저 별을 노래하고 싶은지
길을 쓸 별일 따름일까 노래불러 혜성을 물리치면
日本兵도 물리칠 수 있는 것일까 내 알지 못한다
저 별의 시작과 끝을
그대와 나의 시작과 끝을
모든 빛의 시작과 끝을

벌거벗은 땅에서 내 짧은 생을 살며 숨쉬며

외치는 저 하늘을 매일 본다 기쁘다, 우주와 나는 혈연
이고

나도 하나의 별자리를 이룰 수 있고 무엇보다

나는 지금 살아 있구나, 살아 있구나, 융천사

지금부터 76년 후 흙이 되어 우리 만나게 되었을 때

내 무덤 위에 와 춤출 저 핼리 혜성을

어느 누가 와 또 노래할까 술 뿌리며 노래할까 몰라

길 쓸 저 별, 장엄한 빛과 어둠의 화촉을

유한한 것이 너무 아름답다.

등짐장수

삼동에 밤이 깊어
천지간에 살아 있는 것
어지러운 눈발과 나뿐인 듯

외귀매듭, 이귀매듭, 소차매듭
오늘 내 이 매듭을 꺼내보니
하나의 매듭은 하나의 緣
하늘이 맺어준 모자지간 인연을
끊고 떠나오던 날의 어메 얼골 생각이 난다

물미장* 잡고 구례장 화개장 김천장 거쳐
걸어도 걸어도 얼어붙은 산천을 홀홀 단신
목화송이 달아맨 패랭이 쓰고 감발을 하고
눈길 걷다보니 어느덧 문경 새재
소금과 토기, 연초를 등에 지고 바람 한 짐 지고

호리병삼작, 투호삼작, 귀주머니 끝에는
올올이 정과 사랑으로 얽어 꼰 매듭이야 연이야
울 어메 두리등잔 아래 골무를 끼고 오래 바느질하시고

때로는 잠결에 듣던 어린 날의 다듬이 소리 다듬이 소리
성치 못한 어메는 고향에서 죽겠다고 우기셨지

다시는 만나지 못하리라 생각인들 하였을꼬
논밭 몽땅 빼앗겨 머무를 곳 없는 장돌뱅이
다음 장은 또 어덴가 발고락은 얼고 부었는데
모레는 울 어메 제삿날 고향에 찾아간들
내는 또 잠잘 곳을 찾아야 한다네

삼동에 밤이 깊어
길이 보이지 않는구나
문경 새재는 눈보라의 고개.

* 물미장(勿尾杖)은 보부상들의 필수품 중 하나인 나무 지팡이로, 李
成桂가 황해도 장수인 白達元에게 하사했다는 고사가 있음.

別曲

우리가 사랑하며 살아갈 수 있다면

산도 많고 강도 많은
이곳에 태어나 우리 어느덧 이만큼 자랐지
바람이 불면 옷깃을 여미고
어둠이 내리면 들창을 닫으며
아쉬운 바람은 다만 가슴 한구석에 간직하였지
하루에도 몇 번씩 나직이 불러보는 이름이여
키 자랄수록 숨기는 것은 더 많아
말도 없이 돌아서던 그대 돌아서던 그대
위 두어렁셩 두어렁셩 다링디리

살면서 사랑할 수 있다면
울면서 따라가고 싶어도 우리는
하는 수 없다 다만 가슴 한구석에 간직해야 하는
근친이다 상피붙어 차라리 상피붙어
천둥 벼락이 내리칠지라도
비바람 속을 부르짖으며
내가 그대를 갖다 묻을 수 있다면
사랑하며 살아갈 수 있다면 그럴 수가 있다면
위 두어렁셩 두어렁셩 다링디리

114

兜率歌

그들은 동쪽으로 움직여갔다. 태양이 떠오르는 곳 중앙 아시아의 황사 바람을 뚫고 고비사막 장백산맥을 넘어 빛이 닿는 마지막 지점에 이르러서야 그들은 기마에서 내렸다

그곳은 반도였다 삼면이 바다 사계절이 뚜렷하여 오곡이 무르익으리라 하늘과 땅이 아무런 경계도 없고 밝은 그 누리에 사람이 저 닮은 사람을 낳아 나라가 서고

다스려야 했다 하늘과 똑같은 세상을 펼치고자 했다 그들은 암흑과 광명도 구분이 없이 살더니 사람의 삶과 하늘의 삶이 다르지 않다고 믿더니 노래와 춤을 즐기더니

바람은 늘 바깥에서 불어온다
그 누군가 돌아와 묻힌 바람받이 언덕에
시든 풀잎은 그냥 시든 채로 내버려두라
부는 대로 흐르는 대로 이 바람 저 물결을 내버려두라
때가 되면 절로 피고 때가 되면 절로 지고 황토
씨 뿌리지 않아도 그냥 꽃은 피어날지니
그러나, 시대는 가혹하다 산 자가 살 수 없는 시대
그들은 점차 함께 일하지도 함께 나누지도 않게 되었다

어지러워라 처처에 원성이 쌓여 末法의 시대로다
스스로 땀 흘리며 가장 높은 산에 오르면
내다버림으로써 하나를 더 얻을 줄 모르는 지
얽매임과 억누름의 구름장도 발밑인 것을
법이 자연을 다스릴 수는 없는 법
다시 왕조가 바뀌고 편을 나누니 땅이 나뉘고
서로 탐하고 성내니 오호 末法의 시대로다
눈보라 속 세상이 오래 혼곤하도다 마침내
신념의 불씨마저 꺼뜨린 이 겨울의 언 땅 언 하늘

　반은 땅에 묻혔으되 반은 하늘 우러르는 장승과 미륵
상이 수세기를 꿈꾸었다 언젠가 버려진 저것들이 경상
전라 함경 평안 경기 황해 강원 제주의 골짜기마다 일어
선다면
　착한 말로 오가는 뜻이 같아 서로 기쁘고 서로 아껴 하
늘의 뜻이 땅에서 이루어지리 높은 것들 아래로 내려와 아
름다운 나라 낮은 것을 위로 올려 무궁히 평화로울 나라
　그날엔 한겨울에 꽃이 피리라…… 오늘 이에 散花 불
러 돋아 보내신 꽃아 너는 곧은 마음에 命을 받들어 彌勒

座主를 모셔라…… 꽃은 그냥 피어나도, 스스로 땀 흘리며 씨 뿌리는 그들.

* 마지막 연, 월명사의 향가 「兜率歌」는 金俊榮 선생의 해석.

龜旨歌
── 경남 김해군 김해읍 구산동

내 마침내 여기에 왔다 여기는 龜旨
노래를 불러라 머리를 내밀어라
곡괭이로 삽으로 흙을 파면서 노래들 불러라

언제부터 못 밟는 땅 폐수에 처형된 황폐한 곳
三水甲山 사람 옛 가락국 땅 못 밟고
문경 새재 사람 옛 한사군 땅 못 밟고
사고 팔고 뺏고 빼앗겨도 그냥 그대로 황폐한 곳
하늘의 뜻 알리는 이 없어 땅 파먹던 사람들
서러워하는지 단기 2375년에도 4319년에도 괴로워하
는지
　어느 강에서는 죽은 고기가 연신 떠오르고
　사람이 저와 같은 사람을 죽여 내다버리는 땅
　어디를 가도 유민의 무리 피난민의 무리 이농민의 무리
　내 마침내 이곳을 택해 왔다 남쪽의 소나무숲
　수심이 숲을 이뤄 울울창창한 곳 봉우리는 거북의 머리
　이름하여 구산동 구지봉에 皇天의 뜻을 받들어 굳이
　내가 왔으니, 땅 파먹던 사람들 다 이리로 모여
　노래를 불러라 곡괭이로 삽으로 흙을 파면서 노래들

불러라
　나 또한 언젠가 한줌의 흙으로 돌아갈 몸이지만
　갈린 나라 황폐한 땅을 내가 새롭게 하리 옳게 다스리리

　거북아 거북아
　머리를 내밀어라
　머리도 들지 않고 일만 하는
　거북아 거북아
　머리를 내밀어라

노힐부득이 달달박박*에게

오늘은 바람이 가볍더라 바스락바스락 내 발밑에서 낙엽이 몸 뒤척일 뿐, 떠나야 할 새들 다 떠나 숲길은 어찌 그리 조용하던지 조용히 누군가 따라오고 있었나 커다란 산 하나가 따라오다가 뒤돌아보면 멈추고 뒤돌아보면 멈추고…… 거기서도 보이는가, 아침 저녁 낙엽을 쓸다 고개를 들면 가까운 듯 먼 산 제 모습 반만 드러내는 영묘한 산 하나를 어쩌지 못하여 자네는, 긴 밤을 등불로 밝히는가 저 산 뒤에는 더 큰 산이다 業이다

가장 높은 곳에 올라 세상 내려다봄세 우리 함께 집 떠나 머리를 깎았지 길러주신 에미를 버려 낳은 자식을 버려 모은 땅을 버려 배운 앎을 버려 자네 다 버렸다고 생각하겠지 버리리라 하나씩 하나씩 끝내는 다 버리고 빈 마음에, 하나씩 하나씩 다시 채우리라 능히 채울 수 있으리라 자네는 생각했겠지 나는 버리지 못한다 산 아래 저 잣거리엔 시방도 아우성이다 사람들이 정처 없이 떠나는 광경을 그제도 나는 보았다네

성한 몸보다 상한 마음들이 더욱 많더라 아홉 개의 구멍으로 오물을 쏟는 고깃덩이 사람들은 남의 마음 갈가리 찢으며 스스로 찢어지고 자기를 못 죽여 남을 죽이

고…… 正覺은 멀고도 먼 곳에 있는가 기실 바로 우리들
곁에 있다 마음이 똥이 되고 송장이 되고 마음이 능히 佛
을 이룬다네 자네는 다 알겠지 나를 깨치고 남을 못 깨친
다면 우리 죽어서도 다시 못 태어나리 혼자 입고 경 외고
싸고 자는 짓이 다 부질없으리

　　오늘 나는 주린 혼 하나 찾아왔기에 거두어주었다네
쉬어가라 편히 자고 가라고 아아 수줍게, 한 여인에게 수
줍게 나는 베풀었다네 아기를 받아내고 목욕을 같이하
고…… 나는 나부터 죽여야 한다 마땅히 죽여야 한다 이
루었으나 아직 아무것도 이루어진 것 없다 나는 버리지
못한다, 못한다, 여래여.

* 노힐부득(努肹夫得)과 달달박박(怛怛朴朴)의 설화는 『三國遺事』 卷第三
에 나옴.

소리꾼

무엇하러 다시 왔노 구름 같은 서방아
웬 놈의 한에 홀려 자식새끼 다 떨구고
치솟는 신명에 몰려 노모 전답 다 버리고
얻어먹으며 당신은 저 산 넘어 떠돌았지
지랄 같은 역마살이 평생에 못 풀리어
눈 되었다 비 되었다 구름 같은 서방아

왔으니 그대, 소리 한번 허소 대마치 대장단
내 북채 잡을 테니 소리 한번 들려주오
통성으로 뽑어올리는 저놈의 소리 소리 소리가
제 스스로 피 토하며 몇 번을 나뒹굴고
제 스스로 폭우가 되어 고을 고을을 잠기게 하고
제 스스로 몸에다 불질러 자진하는구나

한 소리가 한 세상을 흔들고 꺾고
한 소리가 한 세상을 조였다 풀고
한 소리가 한 세상을 굴리고 뒤집는구나
다 가져라
저 산이며 바다가 모다 그대 것인걸

판 하나에 한 세상이 뒤집히고 다시 서는걸

한 생을 마치며 우리 무엇을 남기리야
흘러 흘러 저승 문턱 가 닿을 날까지
만학천봉 구월산 삼각 계룡 금강산
다 보고 다녀도, 죽어 이 집에 돌아오지는 마오
달 뜨는 밤이면 보고 싶었다 듣고 싶었다 당신 목소리
들었으니 이제 안기어 죽은 듯이 자고 싶다만……

법고춤

북채를 모아쥐면 내 깨달을 수 있을까
소리 깨어 세상 타악 트이는 이치를
한 소리에 귀 열어 두 소리에 마음 열어
欲界와 色界와 無色界의 뭇 중생들이여
들리거든 다 와서 듣거라 내 두들기는 북소리

쿵다닥 쿵 앞에서 이어온 것들 뒤로 전하리
쿵 쿵 쿵다닥 뒤로 처진 것들 앞으로 이끌리
탁 옆 치면 쌍자궁 쿵 북 돌려치면 금우궁이 보이고
첫마디와 끝머리가 결국은 이어진다 뭇 생명들이여
우리는 모두 얽혀 있고, 얽혀서 구르는 이 사바 세계

내 북소리 이승과 저승을 넘나들지 못하여도
두들기다 두들기다보면 깨달을 날이 올까
떨칠래야 떨칠 수 없는 오만가지 괴로움
줄줄이 풀리어 도도히 흐른다면…… 면벽한 칠흑의
밤도
견딜 수 있겠지, 견딜 수 있겠지, 견딜 수는 없었다

절로 신명에 몰려 점점 강하게
스스로를 굽어보며 점점 약하게
내 살과 넋 공양하여 불타와 하나가 되고
온 세계를 안아 추스르는 큰 팔벌림 마침내 북 어르기
마음으로 다스리는 우주는 또 얼마나 자그마한 것인지.

움직이는 산*

금오산에 묻혀 금오산이 되고 싶었다, 너는
황악산에 묻혀 황악산이 되어다오, 또 너는
내설악에 묻혀 설악산이 되어다오, 서른다섯 해를
생사도 모른 채 흩어져 살던 너희들 지금은
묘향산 기슭에 묻혀 묘향산이 되어 있는가

산이 산을 불러 태백산맥을 이루듯
산이 산을 불러 마천령산맥을 이루듯
산 닮아 우리 푸르게 흔들림 없이 살았으면
富도 貴도 色도 다 잊고
靑山을 불러와 靑山이 되었으면

가고 싶지 않나? 뒷골 갈미봉에 쌍무지개 놓이고
산봉우리를 메고 따라오던 너희들은 젊었다, 굽어보면
속곳도 안 꿰입은 계집들은 또 얼마나 많았는지
이곳에 둘러앉으면 이곳이 서울일세
이곳에 둘러앉으면 이곳이 피양일세

더 솟아올라 더 큰 산이 되자더니

백두산 같이 올라 천지물을 먹자더니 웬일로 너는

메고 오던 산봉우리를 들 가운데 던져

노상동 막바지의 집과 식구들 자취도 없구나

생사도 모른 채, 또 긴 날들을 흩어져 으예 살꼬……

* 산 이동 전설은 선산군, 경산군, 청송군, 성주군, 남원군 등에서 구전
되고 있는데 이 시의 소재로 취한 것은 '서울이 못 된 선산' 전설임.

土偶

수천 년을 처녀 총각 거기 묻혀 있었네

푸른 산 골 골 골짜기마다
있는 그대로 사는 이들의 마을이 있었네
마을 앞에는 늘 맑은 물이 흐르고
처녀는 늘 물가에 있었네
총각은 물이었네 물 흐르듯
언제나 굽이치고 물 흐르듯
도도히 들판을 돌고 돌아
먼 바다를 꿈꿀 줄 알았네
가뭄이 들어도 가뭄 끝에는
비가 내렸네 무지개가 뜨고
오곡이 무르익고 잘 갈무리하였네
겨울에는 많은 눈이 내리고
봄이 오기를 이제저제 기다렸네
많은 봄이 있었네 꽃 흩어지고
마을이 불타고 사람들이 떠나도
처녀 총각 흙이 되어 같이 묻히고 싶었네

그대들 무엇을 얘기하고 싶어 내 앞에 왔다지
누구는 울 듯한 얼굴로
누구는 장난기 어린 웃음을 띠고
누구는 악기를 들고 주악을 들려주면서

흙이 되어 묻혀 있던 그대들이여
총각은 상투 올려 어른이 되고
처녀는 머리 쪽쪄 어른이 되고
새끼를 낳아 어버이가 되고
새끼 오기 기다리며 늙은이가 되고
그러면서 뭉툭해진 그대의 손
그대 빚던 그날의 손길
내 오늘 햇살 아래 토우를 보고 있자니……

살풀이춤

흰 수건 한 장만 던져다오
휘영청 달빛이 좋으니 내는 또 지난날 생각
하나하나 다 가고 혼자 남아 빈집에 돌아왔으니
무슨 낙으로 살아갈꼬 옛 생각 이 내 가슴에 사무쳐라
잠 끝내 달아나 비녀를 꽂고 흰 외씨버선
새하얀 치마 저고리 꺼내 입었다 달빛에 취해 뜰로 나
섰다
흰 수건 한 장만 던져다오

三絃六角 없어도 내 귀에는 3박 4박
거문고 가야금 당비파 북 장구 해금 피리 두 개의 날라리
좋다, 느린살풀이로 시작해라 춤이라도 추자
끄억끄억 목메어 울다, 울다 지쳐 잠이 들면
자고 일어나 다시 울면 되지 후련히 울고 일어서면 되지
쌓이고 쌓여야 한이라네 맺히고 맺혀야 한이라네
맺히면 풀고 맺히면 풀며 살아온 우리네 생이 늘 그러
하듯

올려라 잦은살풀이로 몰아쳐라

눈물샘 다 마르게 뿌리어 뿌리어 뿌리어라
억장의 설움도 다 휘저어 휘저어 휘저어라
병란에 아들 잃고 홧병으로 영감 죽고
역병에 손주 잃고 유탄에 메누리 죽었다
맺히면 풀고 맺히면 풀며 살아온 우리네 생이 늘 그러
하듯
춤이라도 추자 내 한은 태산이로되 앉아서 휘젓는 사위

왜 사는지, 왜 살아야 하는지를 모르겠다
가볍게 무겁게 평평하게 경사지게 이어서 끊어서
여미는 사위 모으는 사위 엎어서 돌리고 뒤집어 돌리고
내는 그렇게 살아왔다 가슴 미어지면 크게 울고 일어나
발 옆으로 돌리는 뒷걸음 학이 되었다 활이 되었다
가슴 어느 한쪽에서 어느새 길이 열려 첫닭 울고 새벽
온다
사람들아, 사람처럼 살아보았으면 사람으로 살아보았
으면.

어떤 옛날 얘기

내 어릴 적 아저씨 얘기
아저씨 어릴 적 시골 마을에
실지 있었던 일이래
신랑 각시 아직 아기 없었지만
남의 집 품이나 팔고 살았지만
사이가 그리 좋을 수가 없었대
남북으로 갈린 나라 호열자까지 번져
토사하는 사람이 앞집 옆집 뒷집
아저씨 살던 집은 용케 무사했더래
신랑이 앓아누운 옆집 행랑 각시는
병구완 해도 해도 더 심해지자
먹지도 않고 울기만 하더래
반쯤 죽은 사람 내다버리려
마을 어른들 들이닥쳤을 때
각시는 아무 말도 없더래
정자나무까지 따라오던 각시
거기서 다시 신랑이 토하자
순식간에 그걸 핥아서 먹더래.

해설

튼튼한 집짓기
─이승하의 시세계

황동규
(시인)

① 이즈음처럼 도처에서 '한풀이'의 풀이가 행해지고 있을 때 골목 어느 한구석에서 정성들여 집을 짓고 있는 광경을 만나게 되는 것은 즐거운 일이다. 예전처럼 대목(大木)이 나무의 등에 먹줄을 긋고 목수들이 톱질을 하는 모습은 보기 힘들게 되었지만, 벽돌을 차곡차곡 쌓아 벽을 만들고 가운데 창을 내며 하는 것을 보노라면 그냥 단순한 즐거움이 아닌, 삶다운 삶의 영원한 구조 하나를 얼핏 들여다보는 섬뜩함도 동시에 깃들인, 그런 즐거움을 느끼게 된다. 이승하의 첫 시집 『사랑의 탐구』는 그런 느낌을 제대로 전해주는 작품집 가운데 하나이다.

그렇다고 해서 그의 시가 '한풀이'의 세계와 전혀 담

을 쌓고 있다는 것은 아니다. 한풀이는 오늘날 젊은 시인들의 중요한 삶의 현장 가운데 하나이다. 이승하는 그 현장에도 뿌리를 갖고 있다. 「낙향」「국어 시간」「들녘의 아낙네」 등등 쉽게 고를 수 있는 많은 작품들이 맺혀진 아픔과 그 맺힘을 풀기 위한 감성의 준비를 보여주고 있는 것이다. 제목부터가 한과의 친화 관계를 보여주는 「가슴에 못」을 읽어보자.

누구의 가슴엔들 박힌 못이 없으랴
이 풍진 세상에 너는 가고 나는 남아
술만 들어가면 팔자 타령이다
해거름이면 네 생각에 목메어도
이제는 눈물도 나오지를 않는구나
에미 노릇 변변히 해보지 못하고

네 애비 닮은 그 큰 두 눈망울
차라리 낳지나 말았더라면,
첩첩한 지리산 그날 재 너머로
하늘은 피 줄줄 흘리며 내려앉고
내가 보는 앞에서
너는 죽창에 찍힌 채로.

이승하의 시 가운데서 뛰어난 것으로 이 시가 제시된

것은 아니다. 다른 몇몇 뛰어난 작품들과 비교할 때 우선 '빛음새'가 약하다. 그리고 다소 통속적인 감정도 그대로 드러나 있다. 그러나 이 시의 내용을 이루는 사건이 적어도 시인 자신이 태어나기도 전에 일어난 일인데도 이 시뿐만이 아니라 이 시집 여기저기에(제Ⅱ부는 거의 다 그렇다고 해도 과언이 아니다) 상처로 남아 있는 것이다. 그리고 이 작품을 두고 보더라도, 거의 치유 불가능한 상처를 가지고 있는 불쌍한 늙은 여인을 밖에서 그린 시가 아니라, 그 여자의 목소리로 그 여자 자신의 삶을 꺼내보이고 있다는 점도 간과해서는 안 될 것이다. 그것은 이승하의 시가 옆에서 관찰하는 사람의 시가 아니라 화자의 삶 속에 뛰어들어 스스로 화자가 되는 '체험의 시인'임을 말해주며 그것은 그가 세우는 세계의 한 중요한 요소를 이룩하는 것이다.

그의 시가 삶의 상처에 뿌리박고 있다는 사실은 그의 중앙일보 신춘문예 당선작인 「화가(畵家) 뭉크와 함께」처럼 기발한 착상 하나에 의미의 대부분을 걸고 있는 작품에도 중요한 몫으로 확인된다.

어디서 우 울음 소리가 드 들려
겨 겨 견딜 수가 없어 나 난 말야
토 토하고 싶어 울음 소리가
끄 끊어질 듯 끄 끊이지 않고

드 들려와

야 양팔을 벌리고 과 과녁에 서 있는
그런 부 불안의 생김새들
우우 그런 치욕적인
과 광경을 보면 소 소름 끼쳐
다 다 달아나고 싶어

도 同化야 도 童話의 세계야
저놈의 소리 저 우 울음 소리
세 세기말의 배후에서 무 무수한 학살극
바 발이 잘 떼어지지 않아 그런데
자 자백하라구? 내가 무얼 어쨌기에

소 소름 끼쳐 터 텅 빈 도시
아니 우 웃는 소리야 끝내는
끝내는 미 미쳐버릴지 모른다
우우 보트 피플이여 텅 빈 세계여
나는 부 부 부인할 것이다.

　　몽크의 이름을 빌어 삶의 근원적인 공포를 그린 이
시는 직접적인 현실과의 대응이 필요없었을 것이다.
'보트 피플'을 부름으로써 오히려 이 시가 가지고 있는

관념적인 공포의 분위기를 깨버린 점도 있었다. 그러나 이승하에게 있어서 보트 피플의 절망은 시의 효과에 앞서는 어떤 근본적인 요소로 보인다.

「구혼」도 마찬가지이다.

　　같이 한번 살자꾸나
　　반벙어리 너랑
　　곱사등이 나랑

　　같이 한번 살자꾸나
　　붙일 데 없는 너랑
　　얹힌 데 없는 나랑

　　같이 한번 살자꾸나
　　다리 저는 너랑
　　만기 출옥 나랑

　　같이 한번 살자꾸나
　　십 년 문둥이 니캉
　　오 년 문둥이 내캉

　여기에 나오는 "반벙어리" "곱사등이" "다리 저는 너랑" "십 년 문둥이" 등은 모두 비유적으로 씌어져 있다.

병신 비유를 함으로써 '나는 그대를 사랑합니다. 결혼을 허락해주십시오'보다는 훨씬 유머가 있고 인간적인 구애가 되고 있다. 그러나 여기서도 "만기 출옥 나랑"이 출현해서 이 작품의 평온을 흔들어놓는다. 만기 출옥 경험이 시인 이승하의 손을 여기서 떨게 하고 있는 것은 아니다. 그는 감옥에 간 일이 없다. 보트 피플의 경우처럼 감옥에서 만기 출옥을 한 인간의 상황이 이곳에서도 시의 효과와 관계없이 그를 움직이고 있는 것이다. 그것은 이성적인 판단의 개입을 거부하는 어떤 것이다.

이성의 개입을 거부하는 실체 가운데 가장 대표적인 것으로 우리는 한(恨)을 들 수 있다. 한, 즉 「가슴에 못」을 생각하지 않는다면 젊은 시인의 시론인 작품 「시론(詩論)」의 첫 행,

오래 앓다 죽어야 한다

가 도무지 이해되기 힘들 것이다. 우리는 이 구절에서 어떤 비극적인 인생관을 찾을 필요는 없다. 이성적인 해석을 거부하는 정신 현상의 하나인 한을 다시 확인하면 되는 것이다.

② 언뜻 보아서는 한과 거리가 먼 것 같은 작품에도 한의 알맹이가 들어 있을 만치 이승하의 근저에는 이성

을 거부하는 슬픔이 있다. 그 슬픔을 우리는 현실 인식의 하나로 해석할 수도 있을 것이다. 그러나 거기서 끝났다면, 그는 또 한 사람의 한(恨)시인으로 봉투에 넣어진 채 서랍 한구석에 방치되고 말았을 것이다. 이승하는 살아서 우리 곁에 있다. 그를 하나의 독립된 시인으로 살아 있게 만드는 힘은 무엇인가?

나는 그것을 짓는 힘이라 부르고 싶다. 한풀이 속에서 그는 집을 짓는 작업을 계속해온 것이다. 그 작업을 살펴보기 위해 이 시집 앞머리에 실린 작품 두 편을 읽어보기로 하자. 먼저 제목부터가 짓는 행위를 나타내주는 「집짓기」의 맛을 보자.

　　비어 있는 들판에
　　돌을 실어 나른다
　　오래 가꾸어온
　　몇 조각 꿈도 모아 나른다
　　갈 데 없던 시절의
　　공연한 헛기침들
　　피붙이 같은 材木에게
　　이제는 체온도 전하여본다

　　널빤지를 딛고 올라서면
　　세상의 한쪽은 내 것이 될까

여백의 하늘이 곁에 와 설까

한없이 무거워져갈

동시대인의 작업복

내가 띄운 먹줄은

누구의 줄에 가 닿을 건지……

바닥에서부터 차곡차곡

쌓아올리면 너도 쉴 수 있는 곳

창을 내리라 아침 알리는 사랑의 빛

보잘것없는 이 터전에도

제 나름의 의미를 부여해야지

그러나 언젠가는

무너진다 무너져내려

먼지가 될 나와 우리와

모두의 험한 생계

비어 있는 들판에

다시 기둥을 세운다

먼발치에서 흘긋 보면

조붓하고 허약한 공간이지만

시멘트 반죽마다 들이는 구슬땀,

또 한 번의 진통을

기억하기 위하여.

집을 짓는 장소인 세상을 "비어 있는 들판"으로 파악한 것을 보고 허무주의를 기대하다가는 실망하게 된다. 곧 뒤를 잇는 "오래 가꾸어온/몇 조각 꿈"의 '몇 조각'이 한의 울림을 주기 때문이다. 그리고 또 뒤를 잇는 "갈 데 없던 시절의/공연한 헛기침들"은 그 울림에 실체를 부여하는 것이다. 그러나 그 다음 두 행 "피붙이 같은 재목(材木)에게/이제는 체온도 전하여본다"에서 한을 극복하기 위한 작업이 시작되는 것이다.

제2련에 가면 그 작업이 "널빤지를 딛고 올라서"는 것으로 구체화된다. 그 올라섬이 "세상의 한쪽은 내 것이 될까/여백의 하늘이 곁에 와 설까"라는 물음 속에서 초월을 암시하는 것 같지만, 한의 요소(이 경우엔 현실 인식)가 곧 그것이 "한없이 무거워져갈/동시대인의 작업복" 속에서 자기 자신을 세우기 위한 것임을 보여준다. 그 결과 자기 자신을 세운 사람들(집을 짓는 사람들)끼리의 만남의 바람이 다음처럼 뛰어난 표현을 얻는 것이다.

내가 띄운 먹줄은
누구의 줄에 가 닿을 건지……

그 바람은 다음 연에 가서 "바닥에서부터 차곡차곡/

쌓아올리면 너도 쉴 수 있는 곳"으로 재해석된다. 그런 바람의 천명 때문에 "창을 내리라 아침 알리는 사랑의 빛" 같은 따로 떼어놓고 보면 감상적인 목소리도 진실성을 획득하는 것이다.

그 진실성은 결국 집을 짓는 일은 허물어져 먼지[無]로 되돌아갈 일을 하는 것이라는 실존적인 인식으로 이끌고 간다. 그렇기 때문에 마지막 연의 "비어 있는 들판"이 다시 나타날 때 첫 연의 "비어 있는 들판"하고는 다른 실체를 만나게 되는 것이다. 그 동안에 이승하는 하나의 집, 하나의 시를 지어놓았던 것이다.

여섯번째 실린 「사랑의 탐구」에 대해서도 같은 말을 할 수 있을 것이다.

나는 무작정 사랑할 것이다
죽어버리고 싶을 때가 있을지라도
사랑이란 말의 위대함과
사랑이란 말의 처절함을
속속들이 깨닫지 못했기에
나는 한사코 생을 사랑할 것이다
포주이신 어머니, 당신의 아들
나이 어언 스물이 되었건만

사랑은 늘 5악장일까 아니 *女湯*

꿈속에 그리는 그리운 고향 그 고향의

안개와도 같은 살갗일까 술 취한 누나의

타진 스타킹이지 음담패설 속에서만

한결 자유스러워질 수 있었고 누군가를

죽여버리고 싶을 땐 목청껏 노래불렀다

방천 둑길에서 기타를 오래 퉁기고

왠지 부끄러워 밤 깊어 돌아왔더랬지

배다른 동생아 너라도 기억해다오

큰 손 작은 손 손가락질 속에서 나는

자랐다 길모퉁이 겁먹은 눈빛은 바로 나다

사랑은 그 집 앞까지 따라가는 것일까

세월처럼 머무르지 않는 것일까 낯선 누나가

흘러 들어오는 것이지 젓가락 장단에 잠 설치지만

사랑이란 다름아닌 침묵하는 것 부드럽게

어루만져주는 것 쓰다듬어주면서

네가 하는 말을 다 이해한다고

고개 끄덕여주는 것.

　험상궂으면서도 아름다운 이 시는 "나는 무작정 사랑
할 것이다/죽어버리고 싶을 때가 있을지라도"라는 '무
작정식' 발언으로 시작해서 "사랑이란 다름아닌 침묵하
는 것 부드럽게/어루만져주는 것"처럼 조용한 깨달음

으로 끝난다. 집 짓는 비유를 계속한다면 완력이 필요한 터 닦기, 기둥 세우기, 지붕 씌우기, 벽 만들기, 그리고 마지막으로 창을 달거나 내부 장식으로 조용히 끝나는 행위의 재생이라고 할 수 있다.

그 조용한 끝막음을 위하여 "포주이신 어머니"가 동원되고 술집 작부로 보이는 "술 취한 누나"가 동원된다. 그들과 함께 세우는 사랑이니 치절하지 않을 수 있겠는가? 그 처절함 속에서

〔……〕 누군가를
죽여버리고 싶을 땐 목청껏 노래불렀다

같은 놀랍고 힘찬 사랑이 탄생하는 것이다. 그 탄생 때문에 끝마무리 부분의 조용함, 혹은 실내 장식을 마무리하는 분위기가 살아 숨쉬게 되는 것이다. 그 짓는 행위를 거치지 않았다면 마지막 2행 "네가 하는 말을 다 이해한다고/고개 끄덕여주는 것"이 얼마나 천덕스럽게 느껴질 것인가?

「집짓기」와 「사랑의 탐구」에는 처음에 주어진 상황이 화자의 행위 속에서 질적인 변화를 이룩하여 새로운 상황으로 바뀌는 드라마가 있다. 그것은 이 두 작품뿐만 아니라 「투병기」「설산」 등 여러 작품에서 확인할 수 있는 현상이다. 그리고 「동화」「어린 누이에게」에서도

발견할 수 있는 것이다. 아니 그의 좋은 시 모두에서 찾
아낼 수 있는 뼈대인 것이다. 이즈음 많은 젊은 시인들
이 몰두하고 있는 현장성을 가지면서도 그것을 변화시
킬 수 있는 틀을 짓는 작업을 해서 성과를 거두고 있는
이승하는 이즈음 보기 힘든 대목(大木)이 될 자질을 보
여주고 있는 것이다.

③ 이제 이승하의 집에 살고 있는 거주자들에 대한
언급을 잠시 할 차례가 되었다. 그들은 우리가 「집짓
기」와 「사랑의 탐구」에서 살펴본 대로 한을 가지되 "시
멘트 반죽마다 들이는 구슬땀"의 의미를 깨닫고 또 사
랑이란 결국 "부드럽게 쓰다듬어주는 것"임을 체득하
는 사람들이다. 그렇게 진득한 사람들이다. 그들의 신
상 명세서를 어떤 식으로 끝내야 할 것인가? 그 해답은
아마 이승하 상상력의 모습을 밝히는 첫걸음이 될 것이
다. 그 첫걸음의 첫걸음으로 다섯 토막으로 구성된 「투
병기」의 첫 토막을 읽어보기로 하자. 토막 제목은 '첫째
날'이다.

  견딜 수 없는 고통의 끝에서
  내 뜨겁게 만나리
  낮과 밤의 겹겹이
  혼수에 잠긴 이 후미진

병실에서 내 응시하리

자정이 지나 커튼을 젖히면

자전과 공전을 되풀이하며

꿈꾸는 이유로 죽어가는 하나의 별

내 지금 살아 있네 살아 있어

更生이란 미지의 기적을 맞이하리.

　병실에서 갱생의 바람을 노래하는 이 시는 언뜻 보면 아주 평범한 작품일지 모른다. 그러나 앓는 몸으로 밤중에 커튼을 젖히고 하늘의 별들을 보고, 그 별 하나하나가 자전과 공전을 하며 죽어가고 있다는 것을 생각하고 자신이 살아 있음을 확인하는 것은 보기 힘든 상상력이다.

　이런 우주 응시 상상력은 「지금 빛나는 것은 다」에서는

별빛은 광년을 달린다 별과 별 사이

별과 행성 사이 사람과 사람 사이의 성간 물질을 헤치고서

타오르는 별만이 스스로 존재하지

그대와 나는 타오를 수 없었을까

로 구체적으로 인간의 세계와 우주를 병치시키게도 만

든다. 그리고「피어 있는 꽃」에서는 살아 있다는 자각이 행해지자 곧 "깨어 다가오는 우주여"라는 호격과 더불어 우주의 깨어남에 비유된다.

되돌아보면 시를 짓는 작업을 보여준「집짓기」의 "창을 내리라 아침 알리는 사랑의 빛"도 범상치 않다. 시에 창을 내어 우주의 깨어남(아침)과 만나겠다는 상징적인 노래도 되는 것이다.「중동에서 온 편지」의 "여기는 넓고 아주 먼/뜨거운 바다" 같은 구절도 우주의 어느 소중한 부분에 대한 조명같이 느껴진다.

이승하는 우리가 흔히 보는 주장하거나 부르짖는 시인이 아니고 집을 짓듯 시를 지어가는 시인이다. 그렇다고 해서 그의 작품이 현실과 괴리되어 있는 것도 아니다. 그의 시를 읽어보면 한을 통해 현실과 뿌리를 맞대고 있는 것이 곧 드러난다. 현실이 우주를 응시하는 상상력 속에서 확대되고 재조명된다. 그 속에 세계가 새롭게 자신을 드러내는 것이다.

집을 제대로, 그것도 튼튼히 짓는 시인이 여기 있다. 그 집들이 모여 어떤 마을을 이룩할 것인가는 두고 기다릴 수밖에 없을 것이다. ▨